COLLECTION POLAR SUD

DANS LA MÊME SÉRIE

K. C. Constantine, *Meurtres à Rocksburg Station*, 1989 ; *L'homme qui aimait se regarder*, 1989 ; *L'homme qui aimait les tomates tardives*, 1989.
Sébastien-Grand, *La mort est diplomate*, 1989.

UN COUP FUMANT

DU MÊME AUTEUR AUX ÉDITIONS ACTES SUD

MEURTRES A ROCKSBURG STATION, 1989.
L'HOMME QUI AIMAIT SE REGARDER, 1989.
L'HOMME QUI AIMAIT LES TOMATES TARDIVES, 1989.

Illustration de couverture :
Dessin d'Henri Galeron

Titre original :
A Fix like this
David R. Godine Publisher, 1973

ISBN 2-86869-418-7

K.C. Constantine

UN COUP FUMANT

TRADUIT DE L'AMÉRICAIN
PAR PIERRE GIRARD

ACTES SUD
HUBERT NYSSEN EDITEUR

Balzic attendit que la femme ait terminé.

Soixante ans environ, la tête couronnée de cheveux gris en bouclettes serrées, elle dégageait une forte odeur d'ail et les coutures de sa robe à fleurs étaient craquées aux aisselles. Elle discutait déjà depuis cinq minutes avec le réceptionniste, mais continuait à trembler de froid. On devinait qu'elle était partie de chez elle trop précipitamment pour songer à prendre un manteau ou une veste en laine.

Le réceptionniste dut s'y reprendre à deux fois pour lui expliquer comment remplir la demande d'assistance médicale pour son mari, lequel venait d'être admis aux urgences, encore conscient mais incapable du moindre mouvement. La femme semblait maintenant à peu près calme, mais continuait à frissonner et à porter à ses lèvres une main aux doigts tremblants chaque fois qu'elle posait une question.

Quand elle eut épuisé toutes les questions auxquelles elle pouvait penser, elle s'éloigna du comptoir de la réception en disant comme pour elle-même, mais à voix haute :

— Mon Dieu, qu'est-ce que je vais faire, maintenant ?

Puis elle fit une brusque volte-face pour revenir vers le comptoir, heurtant Balzic de la hanche au passage.

— Est-ce que je peux rester avec lui ? Il n'a que moi, vous savez, monsieur.

— Bien sûr, répondit le réceptionniste. Première porte à droite. Mrs. Havrilak vous conduira auprès de lui.

La femme tamponna une deuxième fois Balzic en quittant le comptoir et fonça vers la porte qu'on venait de lui indiquer, ses grosses fesses roulant lourdement sous la robe à fleurs.

— Que puis-je pour vous ? demanda l'homme derrière son comptoir.

Comme le réceptionniste lui était inconnu, Balzic exhiba sa carte de police.

— J'ai reçu un appel de chez vous à propos d'un type blessé à coups de couteau. J'ai eu un peu de mal à me libérer, sinon je serais venu plus tôt. Qui peut me renseigner là-dessus ?

— Le Dr. Kamil, sans doute. Vous le reconnaîtrez : il est très brun. Première porte à droite.

— Je connais le chemin, dit Balzic.

Il franchit la porte à double battant et passa devant les salles de soins pour atteindre le bureau qui se trouvait tout au bout du couloir. Dans l'une des salles, un jeune type braillait et une femme, penchée sur lui, débitait d'une voix très douce une litanie de paroles apaisantes. Dans la suivante un homme insultait calmement un pied – le sien probablement, mais à l'entendre on aurait juré qu'il s'adressait à un être humain, et pas des plus sympathiques.

Balzic trouva le bureau vide, tira une chaise et s'assit pour attendre. Un court instant plus tard, une grande infirmière au visage marqué de taches de rousseur apparut dans l'encadrement de la porte. Elle avançait à pas lents, les yeux au sol, en cherchant quelque chose au fond des poches de sa blouse. Puis elle s'approcha vivement de l'un des bureaux et se mit à tapoter des deux mains la masse des papiers qui s'y trouvaient éparpillés. C'est à ce moment qu'elle aperçut Balzic, et son visage s'illumina d'un sourire.

— Mario ? Comment vas-tu ? Voilà une paie

qu'on ne t'avait pas vu ici. A croire que les samedis soirs ne sont plus ce qu'ils étaient ?

— Salut, Louise. Comment vont les affaires, pour toi ?

— S'il te plaît, commence par enfiler une blouse aseptique. Il y a des gens, ici, qui attachent de l'importance à ce genre de détails. Ils sont comme ça, dans la nouvelle génération. Seigneur ! Elle trouva enfin ce qu'elle cherchait et le tendit à Balzic. Dans cette maison, il vaut mieux chercher du sang qu'un stylo à bille. Déjà, elle repartait. Mais elle se retourna vers lui à l'instant de franchir le seuil. Tu es venu voir Kamil au sujet du bonhomme qui a pris des coups de couteau ? Balzic opina du chef. Je vais le prévenir que tu l'attends. Il est en train de finir quelques points de suture. Du moins, j'espère. Ce type est d'une lenteur, tu n'as pas idée. Avant qu'il ait fait dix points, j'aurais le temps de me coudre une robe.

— Il n'y a que lui de service, aujourd'hui ?

— Non, il y a un jeune avec lui, le genre frais émoulu de l'université, si tu vois ce que je veux dire. A mon avis, il y était encore la semaine dernière.

Et elle disparut, accompagnée du crissement de ses semelles de crêpe.

Balzic tira son porte-clefs de sa poche, ouvrit le coupe-ongles qui y était attaché, et entreprit de se couper les ongles au-dessus d'un cendrier. Il tendait l'oreille à chaque bruit de pas, mais il arriva au petit doigt de la main gauche – le dernier – sans être dérangé.

Il referma le coupe-ongles, remit le porte-clefs dans sa poche et, décidé à attendre encore un peu, balaya le bureau d'un regard circulaire. Un guide des poisons posé sur le bureau devant lequel il s'était assis retint son attention. Il en était à l'antidote contre les morsures de la vipère cuivrée d'Amérique du Nord, quand un type en blouse blanche, mince et de petite taille, fit irruption. Balzic remarqua les cheveux d'un noir brillant qui tombaient sur son front en boucles indisciplinées et masquaient presque ses sourcils.

— Docteur Kamil, dit le type – l'accent était syrien, ou peut-être libanais. Vous êtes de la police ? Balzic se présenta et ils échangèrent une poignée de main. Il ne se souvenait pas d'avoir jamais serré une main aussi fine. Eh bien, que voulez-vous savoir ?

Le médecin parlait en détachant ses mots. Le genre de voix bien timbrée capable de se faire entendre de très loin sans jamais forcer le ton.

— Tout ce que vous pourrez me dire m'intéresse.

— J'ai ici le dossier. Non. Si, le voilà. Le patient est de sexe masculin, caucasien, âgé de quarante ans et très, mais vraiment très obèse. Si son frère n'avait pas été là pour nous aider, je ne crois pas que nous serions arrivés à le mettre sur le chariot. Son frère est aussi gros que lui, d'ailleurs. Je n'ai rencontré nulle part comme en Amérique ce phénomène d'obésité. Mais le cas de ces deux frères est proprement sidérant. Sidérant est-il bien le mot ? Vous avez une langue tellement riche…

— C'est bien Manditti, son nom ? interrompit Balzic.

— Vous pouvez répéter, s'il vous plaît ?

— Manditti. Son nom de famille.

Le Dr. Kamil consulta son dossier.

— En effet. Armand. Un Italien, sans aucun doute.

— Et c'est son frère qui l'a amené ici ?

— Je crois, oui. Enfin, c'est ce que j'ai cru comprendre.

— Aucun policier ne les accompagnait ?

— Je n'en ai pas vu.

— Où est-il, maintenant ?

— Il n'a pas encore dû quitter la salle d'opération.

— Quand y est-il entré ?

— Voici une demi-heure, environ.

— Etait-il conscient ? Est-ce qu'il vous a dit quelque chose ?

— Oh, oui, il était conscient. Mais il n'a fait que se plaindre et proférer des jurons. Sans son frère, nous n'aurions même pas su à qui nous avions affaire.

— Est-ce que son frère l'a accompagné, là-haut ?

— Je crois. Enfin, je n'en sais rien.

— Très bien, docteur, dit Balzic. Je vous remercie. Vous m'obligeriez en faisant taper un rapport sur cette affaire le plus rapidement possible. Mrs. Havrilak vous fera ça très bien, elle en a l'habitude. Et, encore merci.

— Ne me remerciez pas. Je fais simplement ce que j'ai à faire.

— Sans doute. Mais, merci tout de même, dit Balzic.

Il serra la main du médecin en prenant bien garde de ne pas la broyer.

Dès que le Dr. Kamil eut quitté la pièce, Balzic saisit un téléphone sur l'un des bureaux.

— Police d'Etat. Sergent Rudawski à l'appareil.

— Rudi, c'est Balzic. Qui est le responsable du fichier, maintenant ?

— Johnson.

— Lui ? Il ne devait pas être muté dès que Minyon aurait passé son test d'aptitude physique ?

— Eh bien, je suis au regret de t'apprendre que Minyon a été recalé à son test et qu'il s'est, comme on dit, retiré avec les honneurs.

L'ironie qui faisait vibrer la voix de Rudawski révélait le plaisir intense qu'il éprouvait à prononcer chacun de ces mots.

— Ah, magnifique, dit Balzic en riant. C'est tout simplement magnifique. Passe-moi donc Johnson.

— Ne quitte pas.

Il y eut un déclic, un bourdonnement, un autre déclic.

— Division des Affaires Criminelles. Lieutenant Johnson à l'appareil.

— Walker, vieux frère, toutes mes félicitations. Rudi vient de m'apprendre que Face de Rat s'était planté à son test d'aptitude physique et que tu allais rester avec nous pour quelque temps. C'est la meilleure nouvelle de la journée.

— Mario ? Oui… J'ai appris ça, moi aussi. Franchement, ça me fait presque de la peine pour lui. Côté salaire, c'est un sacré coup dur.

— Garde ta peine pour d'autres. Même sa mère devait se douter qu'il n'y avait pas grand-chose à attendre de ce type le jour où elle l'a mis au monde, dit Balzic. Dis donc, Walk, j'ai besoin d'un coup de main sur une affaire. Un type poignardé. Son frère l'a amené à l'hôpital, mais personne ne l'a signalé. C'est l'hôpital qui m'a appelé. Alors, tels que je les connais, j'en conclus qu'ils n'ont pas voulu le signaler eux-mêmes. Et j'ai idée, aussi, que la chose n'a pas dû se passer très loin du domicile du type. Donc, j'aimerais que tu envoies tes gars traîner un peu dans les parages et voir ce qu'ils peuvent nous ramener comme informations. Tu vois l'idée ?

— Pas de problème, dit Johnson. Si je comprends bien, le type n'est pas mort.

— Non. Mais il est toujours en salle d'op, si bien que je ne sais pas dans quel état on va le récupérer. J'y vais de ce pas pour me rendre compte par moi-même. Encore un mot : dis à tes hommes qu'ils ne perdent pas leur temps à interroger les voisins. Ces gens-là se croient toujours en Sicile. Ils en oublieront leur anglais. Qu'on jette simplement un coup d'œil chez lui, d'accord ?

— D'accord. Tu as l'adresse ?

— Tu connais Norwood Hill ?

— Oui.

— Bon. C'est la dernière maison sur la droite en remontant Norwood Hill Road. Cherche pas le numéro, c'est inutile : la maison est assez isolée pour qu'on la remarque. Elle était à peu près entretenue du vivant de leur père, mais les deux frères l'habitent seuls maintenant, et ils sont aussi bordéliques l'un que l'autre.

— Quel nom ?

— Manditti. La victime, c'est Armand. Il fait le coursier pour Muscotti. Son frère, c'est Tullio. Il s'occupe de la décharge d'ordures de Muscotti. Sacrée paire. Le premier, on l'appelle Fat Manny et l'autre, Tub. Deux monstres.

— Bien Mario. Je vais voir ce qu'on peut faire, et je te tiens au courant.

— C'est sympa de ta part, Walk. N'oublie pas que je n'en suis qu'au stade des suppositions. Ça s'est peut-être passé ailleurs. En tout cas, merci, mon vieux.

Balzic raccrocha, sortit du bureau et s'engouffra dans l'ascenseur qui l'emmena au septième étage vers les salles d'opération et de réanimation. Il attendit dans le couloir, près du local des infirmières. Tullio Manditti n'était pas dans les parages. Quelque part sur sa gauche, une femme émettait de petits rires et des mots sans suite sous l'effet euphorisant des drogues pré-opératoires. Des infirmières portant les blouses et les bonnets verts des services de chirurgie allaient et venaient avec des mines affairées. Un médecin en costume de ville jaillit d'un ascenseur et passa en trombe devant Balzic en défaisant son nœud de cravate pour disparaître derrière une porte à double battant.

Puis il vit venir vers lui du fond d'un corridor une infirmière entre deux âges, boulotte et de blanc vêtue. Elle avait une tasse de thé à la main et lui souriait en s'approchant. Il sortit sa carte de police, mais elle l'écarta d'un geste de la main.

— Je sais qui vous êtes, dit-elle. Vous êtes venu pour M. Manditti, n'est-ce pas ?

— Un bon point pour vous, dit Balzic. Qu'allez-vous me dire encore, avant que je vous le demande ?

— Eh bien, c'est le Dr. Ayoub qui l'a opéré, assisté par le Dr. Mitchell. C'est terminé depuis cinq minutes environ. Je vais vous appeler le Dr. Ayoub.

— Une seconde. Où est le frère de Manditti ?

— Ah, mon Dieu, il empestait tellement que je l'ai prié de s'en aller. Il n'était pas censé rester ici, de toute façon. Je lui ai dit d'aller se changer mais, à sa façon de se comporter, je doute qu'il m'ait écoutée. Il doit maintenant être en bas, à embêter tout le monde.

— Il était venu dans ses vêtements de travail ?

— Ma foi, j'espère qu'il n'a pas l'habitude de rentrer chez lui dans un état pareil. Quel genre de métier fait-il ?

— Où peut-on travailler, à votre avis, et s'imprégner d'une odeur comme celle-là ? Dans une décharge. Un champ de merde, sauf votre respect. Aujourd'hui, on appelle ça une zone d'épandage sanitaire.

Un médecin s'approcha, en tenue de salle d'opération. Petit et mince, très brun, ses cheveux noirs collés par la sueur.

— Vous êtes de la police ? Balzic fit oui de la tête. Docteur Ayoub.

— On ne recrute que des Syriens ou des Libanais, ici ? demanda Balzic en riant.

— Originaires de Syrie et du Liban, dirai-je plutôt. Le médecin avait un sourire forcé.

Balzic émit une toux embarrassée. L'infirmière s'était plongée dans ses papiers.

— Bon. Vous pouvez me dire de quoi il s'agit, docteur ?

— Il a reçu huit coups de couteau, dont deux seulement ont causé des blessures plus sérieuses que de simples piqûres. Elles ont été faites en enfonçant la lame, puis en la poussant vers le bas. Comme ceci. Le médecin, en parlant, faisait le geste sur la poitrine de Balzic. L'instrument utilisé était plutôt de petites dimensions. Aucune des lésions ne dépasse quinze centimètres de profondeur. Nous avons opéré sans rencontrer de difficultés particulières.

— Ses jours ne sont pas en danger ?

— Oh, non. A moins d'une infection, qui est peu probable, il mourra d'une déficience cardiaque. Mais en attendant, son obésité lui a sauvé la vie. Nous avons dû faire appel à toutes les infirmières présentes pour le hisser sur la table. Et pour l'en redescendre.

— Combien de temps va-t-il rester en salle de réanimation ?

— Vous voulez dire, dans combien de temps vous sera-t-il possible d'avoir avec lui une conversation normale ?

— Oui. Mettons que c'est ce que je veux dire.

— Nous lui avons administré une anesthésie très légère, pour pallier le risque d'hypertension. Disons, dans trois quarts d'heure. Peut-être même avant.

— Euh... dites-moi, docteur, est-ce que certaines de ces blessures auraient pu être mortelles sur des gens bâtis comme vous et moi ?

— Difficile à dire. La plupart sont situées dans la région du cœur. Deux se trouvent plus bas, non loin de l'estomac. Sur quelqu'un comme moi, quatre ou cinq auraient été fatales.

— Donc, on n'a pas cherché simplement à le piquer. On voulait le tuer.

— Moi, je dis que chacune des quatre ou cinq blessures en question, sur moi, auraient été mortelles. Quant à dire si elles ont été données avec l'intention de tuer, cela me paraît plutôt de votre ressort.

— Vous avez une idée sur le type d'arme qu'on a utilisé ?

— Une lame de couteau de type courant. Moins de vingt centimètres de long. Mais je suis chirurgien, pas médecin légiste.

— Bien sûr, je comprends. Eh bien, merci beaucoup.

— A votre service. Au revoir, dit le Dr. Ayoub en tournant les talons pour s'éloigner d'un pas rapide.

Balzic jeta un regard à l'infirmière et la surprit en train de réprimer un sourire.

— J'ai comme l'impression que ma tête ne lui revient pas.

— Oh, il n'est pas méchant, dit l'infirmière. Mais pour lui, il n'y a que le travail qui compte.

Balzic la remercia et se dirigea vers l'ascenseur avec un geste de la main par-dessus son épaule pour dire au revoir. Une fois dans le hall, il chercha du regard Tullio Manditti, mais ne le vit pas. Il avisa l'un des vigiles chargés de la sécurité de l'hôpital et lui tendit sa carte de police.

— Tu n'aurais pas vu, par hasard, un type de petite taille mais gros, ce qui s'appelle gros, avec des vêtements dégueulasses ?

— Il est à la cafétéria, en train de manger – comme s'il avait besoin de ça. Il a fait fuir tout le monde.

— La cafétéria est toujours au même endroit ? Chaque fois que je viens ici, je trouve un nouveau chantier. On n'arrête pas d'agrandir cette baraque.

— Pour le moment, la cafète n'a pas bougé. Mais patience. Ils n'ont pas dit leur dernier mot.

— Parfait. Et pour toi, comment ça se passe ? La maison traite bien ses employés ?

— J'ai pas à me plaindre.

— Alors, c'est parfait. A un de ces quatre.

Balzic fit un tour sur lui-même pour s'orienter et prit la direction de la cafétéria. Il y trouva Tullio Manditti, au comptoir, assis sur un tabouret (on ne voyait pas le tabouret). Les deux serveuses s'étaient retirées dans le coin le plus éloigné de Tullio pour fumer une cigarette, et chuchotaient en jetant force regards courroucés vers le monstre tandis que celui-ci engloutissait les brioches posées devant lui à la vitesse de trois bouchées par brioche. L'une des deux femmes demanda à Balzic s'il désirait quelque chose.

— Un café seulement. Bien noir. Il s'installa au comptoir. Deux tabourets le séparaient de

Tullio. C'était déjà très près pour son goût. Tullio, pourquoi n'es-tu pas rentré chez toi pour prendre un bain et te changer, comme on te l'avait demandé ?

Tullio enfourna ce qui restait de la dernière brioche et se mit à mastiquer avec une extrême vélocité. Puis il se tourna vers Balzic, mais en s'adressant à la serveuse.

— Donnez-moi encore deux brioches. Et un autre milk-shake.

— Nous n'avons plus de brioches.

— De la tarte, alors. Il vous reste de la tarte ?

— Seulement une part de tarte aux pommes.

— Je déteste la tarte aux pommes. Vous avez de la crème de banane ?

— Non.

— Tant pis. Donnez-moi deux cheese-burgers avec toute la garniture. Et un supplément d'oignon. Grillé. Il n'avait pas quitté Balzic des yeux tout en parlant avec la serveuse. Puis il se tourna vers le distributeur de milk-shake placé devant lui. Il jeta un coup d'œil à l'intérieur, le renversa pour boire directement le liquide qui restait au fond et dont une partie se répandit sur lui. Ensuite il reposa le lourd pichet et lâcha un rot à faire trembler les vitres. Qu'est-ce que tu disais, Balzic ?

— Tu m'as très bien entendu.

— Pourquoi que je suis pas rentré prendre un bain, c'est ça ?

— Exactement.

— Pourquoi vous ne dites pas aux gens de donner un bain à leurs ordures ? Tout le monde n'a qu'à mettre du déodorant dans sa poubelle, et moi, comme ça, je sentirai la rose. Hein ? Qu'est-ce que vous avez aujourd'hui, Balzic ? Vous êtes idiot, ou quoi ? Mon frère est là-haut en train de crever et il faudrait que j'aille prendre un bain ? C'est pas vrai !

— En tout cas, ça n'a pas l'air de te couper l'appétit.

— Que j'aie faim et que je mange, ça, mon frère peut le comprendre. Mais que je le plante ici pour aller prendre un bain à la maison, il ne le comprendrait pas. Il ne pourrait jamais me pardonner une chose pareille.

— Arrête ton char, Tullio. Ton frère ne va pas mourir. Pas tout de suite. Il partira un de ces jours d'une attaque cardiaque, comme toi d'ailleurs, mais pas pour les huit petits trous qu'on lui a faits aujourd'hui.

— Ça, c'est vous qui le dites. Hein ? Qu'est-ce que vous en savez, vous êtes médecin, maintenant ?

— Je viens de parler avec le docteur. Il s'en tirera.

— Je le croirai quand le docteur me l'aura dit.

— Comme tu voudras. Comment ça s'est passé ?

— Comment je le saurais, moi ? Je l'ai trouvé en arrivant à la maison. Il était devant la porte, en haut des marches, en train de perdre son sang. Et y'avait du sang partout, plein le living-room. Bon Dieu !

— Et tu as pu parler avec lui ?

— Comment ça, parler ? Je me suis occupé de lui, j'avais pas la tête à lui faire la conversation.

— Mais comment tu as fait pour venir jusqu'ici avec lui ? Il fallait qu'il soit conscient, sinon tu n'aurais jamais pu l'amener.

— Il était conscient. Plus ou moins.

— Suffisamment pour marcher, c'est ça ?

— Ecoutez, Balzic, je vois bien où vous voulez en venir. S'il était assez conscient pour marcher, il était capable de parler. Sauf que moi, je lui ai rien demandé. Tout ce que je lui ai dit, c'est, reste tranquille, gaspille pas tes forces, je t'emmène à l'hosto, ça prendra pas longtemps.

— Et bien entendu, il t'a obéi.

— Tout juste !

— Il n'a pas fait la moindre allusion à ce qui s'était passé, ni à qui lui avait fait ça, ni pourquoi.

— Pas la moindre.

— Bien. Il n'a rien dit, donc. Alors toi, dis-moi un peu ce qu'il faisait ces derniers temps.

— Rien. Il était au chômage.

— Qu'est-ce que tu racontes ? Il ne fait plus les courses pour Dom Muscotti ?

— Quelles courses ? Qui c'est ça, Muscotti ?

— Ça suffit, Tullio. Tu me prends pour qui ? Je vous ai connus quand vous étiez encore en culottes courtes, ton frère et toi. Ne me parle pas comme à un crabe de la police d'Etat, ou du FBI. Je sais depuis quand vous travaillez pour Dom, Armand et toi, et le genre de travail que vous faites. Alors, arrête un peu le cinéma, tu veux bien ?

— Je vous ai dit que mon frère était sans travail.

— Attends. Qu'est-ce que tu me chantes là ? Ton frère aurait cessé de faire le livreur pour Dom Muscotti ?

— Il faut vous le dire combien de fois pour être entendu ? Bon Dieu !

— Tullio, tu sais qu'en partant d'ici je vais filer directement chez Muscotti pour lui poser la question.

— Vous allez où vous voulez, et vous posez les questions que vous voulez.

— Il s'est passé quelque chose entre Dom et ton frère.

— Et alors ? Vous croyez que je suis au courant de tout ce qui se passe ? Je suis pas le syndicat, ma parole !

— Tullio, tes fesses bougent quand tu mens. Sers-moi encore un bobard comme celui-là, et je te fais boucler comme suspect. J'expliquerai au procureur qu'il faut te garder à l'ombre pour ta propre sécurité, et tu y resteras six mois.

— Pour ça, il faut d'abord que je sois entendu, Balzic. Ne me racontez pas d'histoires.

— Et tu crois que je ne connais pas les magistrats de cette ville ? Tu ne me crois pas capable de faire différer une audition comme celle-là aussi longtemps que je le voudrai ? Réfléchis bien, Tullio. Et pendant que tu y es, pense aussi aux deux mille calories par jour auxquelles tu auras droit là-bas… Tiens, voilà ton milk-shake qui arrive. Tullio fit un effort pour sourire mais le cœur, visiblement, n'y était pas. Puis il pivota sur le tabouret et on entendit le métal grincer, quelque part, sous la masse de chair. Après quoi il se mit à parler en italien. Balzic pointa l'index vers lui. Du calme, Tullio, du calme. Prends garde à ne pas prononcer des mots que tu regretterais ensuite.

— Qu'est-ce que j'allais dire ? Rien du tout ! Ah si, j'allais vous demander de me prêter dix sacs, c'est tout. Vous ferez bien ça pour moi ?

Balzic secoua la tête. Il prit une poignée de billets dans sa poche et en déplia deux qu'il poussa vers Tullio. Puis il se leva et dit :

— C'est pas la peine de me remercier. Va plutôt chez toi prendre un bain. Ton frère comprendra. Et tout le monde ici t'en sera tellement reconnaissant.

Tullio buvait son milk-shake et semblait réfléchir, mais il ne leva pas le nez et laissa partir Balzic sans rien ajouter.

De retour dans le grand hall, Balzic se demanda s'il allait voir Armand Manditti, ou s'il filait directement chez Dom Muscotti. Une porte d'ascenseur, en s'ouvrant toute seule devant lui, emporta la décision. Arrivé au septième étage, il avança un pied dans le couloir tout en maintenant bloquée la porte de l'ascenseur pour interpeller l'infirmière avec laquelle il avait déjà discuté.

— Est-ce que Manditti est sorti de la salle de réanimation ?

— Oui. On l'a descendu au troisième.

Il trouva Manditti étendu dans une chambre à quatre dont les trois autres lits étaient inoccupés, et s'immobilisa un court instant dans l'encadrement de la porte, luttant contre son envie de rire à la vue qui s'offrait à lui : il avait l'impression d'aborder une montagne recouverte de neige.

Fat Manny fixait d'un œil morne le petit tuyau fixé sur le dos de sa main. Il se mit à cligner des yeux très lentement, pour exprimer quelque chose qui pouvait être de l'incrédulité. Chaque fois qu'il soulevait les paupières on voyait rouler ses yeux dans leurs orbites, accompagnés du mouvement de son énorme tête sur les oreillers.

— Manny ? Tu m'entends ?

— Ouille. Eh ! Je suis mort ?

La voix était pâteuse, et chaque mot semblait demander un effort considérable.

— Tu n'es pas mort, Manny. En tout cas, tu n'en as pas l'air.

— Ouille… Seigneur… Je suis bien content… je me croyais mort…

— Qui t'a fait ça, Manny ?

La montagne marmonna quelque chose, ferma les yeux et laissa fuser un long soupir. Balzic répéta sa question, mais déjà le soupir s'était mué en un ronflement puissant, bientôt suivi d'un autre. Balzic retira son imperméable, qu'il jeta sur le lit le plus proche. Puis il chercha un cendrier, en trouva un, et s'installa sur une chaise à dossier raide tout près de la porte. Tout en tirant sur sa cigarette, il se disait que Fat Manny ne devrait plus rester très longtemps sous l'effet des produits anesthésiques.

Il se trompait, et une heure plus tard, il était toujours en train d'attendre. Dans l'intervalle, il avait discuté avec des infirmières et échangé quelques mots avec le Dr. Ayoub, venu jeter un coup d'œil au patient avant de quitter l'établissement. Fat Manny continuait à dormir, secouant, à chacun de ses ronflements, le sommier, les ressorts et toute la literie. Balzic examina son lit. C'était exactement le même que les trois autres. Il se demanda combien de temps il tiendrait à ce rythme.

Il comprit que Tullio arrivait en entendant claquer les portes de l'ascenseur. Il faisait autant de bruit en respirant qu'en marchant. Rasé de près et proprement vêtu, il fit son entrée, un sac en papier à la main. Balzic le regardait arriver sans bouger de sa chaise. Tullio s'arrêta en plein élan et leva les yeux au plafond.

— Nom de Dieu, Balzic, il y a des flics de la police d'Etat plein ma baraque, et je vous trouve ici, vous ! Qui c'est qui les a prévenus ? Vous ? Ils sont entrés chez moi comme chez eux, sans mandat de perquisition, sans rien !

— Ils n'en avaient pas besoin.

— Comment ça, ils n'en avaient pas besoin ? Vous n'avez pas le droit d'entrer chez les gens comme ça. Il y a des lois, il y a des droits pour les citoyens, bordel !

— Tullio, tu me casses le cul. Cesse de dire n'importe quoi.

— Tu me casses le cul. Cesse de dire n'importe quoi… répéta Tullio en l'imitant, tout en cherchant des yeux un endroit où poser son sac en papier. Il choisit finalement la petite table à roulettes destinée à servir les repas qui se trouvait au pied du lit de son frère.

Il en sortit une miche de pain italien, deux longs saucissons, un pot d'olives vertes farcies aux oignons, une boîte d'olives noires, un pot de cornichons et une fiasque en verre de deux litres contenant, selon toute apparence, du vin. Puis il produisit une grande serviette de table dont il défit les nœuds. A l'intérieur se trouvaient un petit couteau à découper, une fourchette et un ouvre-boîte. Tullio mit le tout dans le tiroir de la table de nuit, avant de balayer la pièce du regard, cherchant un endroit où ranger les victuailles.

— Tullio, si tu les mangeais toi-même ? Ton frère ne sera pas autorisé à avaler ce genre de nourriture avant un certain temps – au moins deux jours.

— Sûr, Balzic, sûr. Mais moi, je sais exactement comment ça se passe ici pour la nourriture. J'y ai été. On peut mourir ici, rien qu'en mangeant. La moitié des cuisiniers sont des nègres. Quand ils savent qu'ils travaillent pour un blanc, ils crachent dans les assiettes. Vous croyez que je ne le sais pas ? Des molards dans la sauce, des molards dans le potage, gros comme des huîtres ! Mon frère ne mangera pas de cette saleté-là. Un point, c'est tout.

— Comme tu voudras, Tullio, dit Balzic avec un sourire. Moi, je me souviens d'avoir vu Fat Manny s'envoyer sept poulets grillés en moins d'une heure. C'était au barbecue des Fils d'Italie, il y a deux ans. A côté des amuse-gueules que tu lui as apportés aujourd'hui…

— Vous en faites pas, Balzic. Mon frère sera très bien traité ici, c'est moi qui vous le dit.

— Tullio, Tullio… Fat Manny avait ouvert les yeux.

— Je suis là, Manny. Avec toi. Tu veux quelque chose ?

— Oh, Tullio, je suis pas mort… ce salaud… j'ai cru que j'étais mort.

— Quel salaud, Manny ? demanda Balzic en se penchant vivement sur l'opéré.

— Eh, de l'air, Balzic ! Laissez-nous un peu tranquilles ! dit Tullio aussitôt. Vous ne voyez pas qu'il dit n'importe quoi ? C'est toujours comme ça, après une opération, tout le monde le sait… Ecoute-moi bien, Manny, n'essaye pas de parler. Il faut te reposer maintenant, reprendre tes forces, tu comprends ? Je suis là, avec toi, je ne te quitterai pas. Je t'ai apporté quelque chose à manger quand tu seras réveillé. Mais dors encore un peu. T'en as besoin. T'as pas bonne mine, Manny. T'es tout vert et jaune. Faut éliminer toutes ces cochonneries qu'ils t'ont mis dans le sang pour t'endormir. Continue à dormir.

— D'accord, d'accord. Donne-moi de l'eau, s'il te plaît. J'ai la gorge sèche.

— Tout de suite. Avec un peu de vin dedans ? Ça t'aidera à dormir.

— Ouais… bien sûr… un peu de vin…

— Pour le vin, tu ferais mieux de demander d'abord aux infirmières, Tullio. C'est quelque chose qui peut le rendre vraiment malade, mélangé aux anesthésiques…

— Non mais, de quoi je me mêle ? Laissez-nous, Balzic, allez faire un tour. Vous croyez que je ne connais pas mon frère mieux qu'une infirmière ? Allez donc voir dehors si j'y suis. Vous m'énervez, à la fin. Tullio prit un verre sur la petite table, l'emplit à moitié de vin et y ajouta un peu d'eau. Puis il fouilla dans le tiroir de la table de nuit et finit par y trouver un chalumeau flexible. Tiens, Manny. Vas-y. Bois un bon coup. Tu vas voir comme tu dormiras bien, après ça…

Fat Manny fit un effort pour soulever sa tête de l'oreiller à la rencontre du verre que lui tendait son frère, et grimaça.

— Oh, merde, ça fait mal…

— Ne bouge pas, c'est pas la peine. Je vais mettre le truc dans ta bouche, et t'auras qu'à aspirer… comme ça. Tu vois bien que ça marche ! Fais confiance à Tullio. C'est lui qui va s'occuper de toi.

— Tu vas t'occuper aussi de celui qui a fait le coup ? demanda Balzic.

— Ecoutez, Balzic, je vous ai demandé de nous laisser tranquilles. Il n'a rien à vous dire, et moi non plus.

Balzic se mit à rire.

— Tullio, j'ai l'impression que tu en as tellement bavé dans ta chienne de vie, que tu ne comprends plus rien à rien. Ton frère est la victime dans cette histoire. Tu piges ? Il est la victime, et une victime n'a pas besoin d'un avocat. Une victime peut parler librement. Une victime n'a pas à se méfier de la police, et elle ne bénéficie pas des mêmes garanties qu'un inculpé. Je peux rester ici aussi longtemps que je le voudrai, et poser toutes les questions qu'il me plaira de poser.

— Ah oui ? Et nous, si on a envie de rester ici sans répondre à vos questions, et aussi longtemps que ça nous plaira ? Qu'est-ce que vous dites de ça, vous qui êtes tellement malin ?

— Je ne dis rien, Tullio, je ne dis rien. Rien du tout, répondit Balzic en attrapant son imperméable. Je vais tout de même te donner une garantie. La garantie que je continuerai à poser des questions jusqu'à ce que quelqu'un me donne les réponses. Ton frère a été sérieusement amoché, il y a quelque chose qui cloche quelque part, et je suis prêt à parier à six contre un que derrière tout ça, il y a une histoire d'argent. Autre chose, Tullio, et écoute bien ce que je vais te dire, parce que je n'aurai peut-être plus l'occasion de te le répéter : que je voie quelqu'un arriver dans cet hôpital avec seulement une lèvre fendue, et je vous ferai boucler tous les deux. Ce genre de conneries, j'en veux pas, compris ? Il n'y en a jamais eu ici depuis que je suis en poste, et on ne va pas commencer maintenant ! Et pour que les choses soient bien claires, je vais de ce pas dire la même chose à Dom Muscotti. Tu m'as bien entendu ?

— Je vous entends, Balzic, je vous entends très bien. Vous me croyez sourd, ou quoi ? Sauf que je ne sais pas de quoi vous voulez parler.

— Oh que si, tu le sais. Tu le sais parfaitement.

Balzic enfila son imperméable et sortit.

Balzic quitta le parking de l'hôpital au volant de sa grosse bagnole et, tout en s'appliquant à rouler à la bonne vitesse pour se maintenir dans le flot de la circulation, il réfléchissait intensément, essayant de comprendre ce qui s'était passé exactement, et pourquoi…

Armand Manditti travaillait pour Dom Muscotti, comme coursier, depuis des années. Il livrait ou allait récupérer les règlements en espèces, les paris, les reçus, les factures, les commandes d'alcool pour Dom, l'épicerie, et tout ce dont la mère de Dom pouvait avoir besoin pour tenir la maison. Et voici qu'aujourd'hui, à en croire Tullio, il n'avait plus de travail.

Quant à Tullio, il se consacrait entièrement à la décharge d'ordures de Dom. Cette décharge représentait à peu près le tiers de l'empire Muscotti à Rocksburg. Au temps de Muscotti père, déjà, il n'y avait pas une poubelle de Rocksburg et de Bovard Township, au nord, jusqu'à Westfield Township, à l'ouest, et Kennedy Township, à l'est, dont le contenu n'allât finir sur un terrain appartenant à un Muscotti. Peu importait qui se chargeait de la collecte : ils payaient tous leur dû à Muscotti pour le simple droit de décharger leur camion. Et bien avant que tout le monde se mette à parler de recyclage, le père de Dom, puis Dom lui-même, employait déjà des équipes de sans-papiers, Italiens immigrés de fraîche date, pour passer au crible le contenu de chaque camion à son arrivée sur la décharge et récupérer la moindre boîte de fer-blanc, le moindre morceau d'acier ou d'aluminium. Tout cela était ensuite trié, nettoyé et compressé en cubes d'un pied de côté pour être vendu au meilleur prix en fonction des fluctuations du marché.

La Deuxième Guerre mondiale allait apporter la fortune à la famille à travers ce tiers de l'empire Muscotti ; et depuis lors, chaque benne d'ordures était venue s'y ajouter ; quant à la vague écologiste déferlant sur l'Amérique des années soixante-dix, elle avait eu, à Rocksburg, pour conséquence essentielle de révéler à Muscotti la valeur marchande du papier et du verre de récupération. Il s'était alors montré suffisamment persuasif auprès de quelques amis des services sanitaires pour que ceux-ci obtiennent du conseil municipal la publication de deux ordonnances : la première faisait obligation aux particuliers comme aux entreprises et aux établissements publics de déposer leurs ordures sur le trottoir dans des poubelles distinctes, l'une étant réservée aux verres et bouteilles. La deuxième ordonnance imposait le même traitement pour les papiers, qui devaient faire l'objet d'un emballage à part. Deux dispositions suffisantes à elles seules pour assurer aux équipes de chiffonniers de la maison Muscotti un exceptionnel niveau de productivité.

La transformation des déchets en dollars se faisait désormais à un rythme tel que Muscotti avait bientôt dû accepter une hausse régulière de son taux d'imposition – après avoir mené longtemps une politique qui consistait à se maintenir, au contraire, aux échelons les plus bas – et que sa philanthropie désormais légendaire lui avait valu d'être nommé en 1971 "Homme de l'Année" par les représentants de la chambre de commerce de Rocksburg. Peu importait, semble-t-il, à ces derniers, que Muscotti fût une vieille connaissance de l'inspection locale des Impôts devant laquelle il avait été régulièrement con-voqué, au cours des quinze années précédentes, pour s'expliquer sur la modestie de ses déclarations de revenus ; ni le fait qu'il eût fait l'objet tout aussi fréquemment, depuis près de vingt-cinq ans, d'assignations devant des instances judiciaires relevant aussi bien de l'administration locale que la justice fédérale ou même nationale, pour y répondre de divers délits de même nature ; et qu'il eût été inculpé six fois, jugé cinq fois et condamné trois fois depuis 1945 pour exploitation clandestine de jeux de hasard et activité illégale de bookmaking sur les courses de chevaux. Sa réputation d'homme charitable était tout ce qui comptait et aussi, disait-on, le fait que les honorables membres de la chambre de commerce attachaient un grand prix au fait qu'aucun acte de violence n'avait jamais été, depuis seize ans, imputable à Muscotti.

Il était arrivé qu'on découvre des cadavres dans des coffres d'automobiles en d'autres lieux du comté de Conemaugh ; un certain nombre de kiosques à journaux et de petites boutiques avaient été, dans des villes voisines, détruits par des explosions restées inexpliquées, mais on n'avait rien vu de tel à Rocksburg pendant toutes ces années.

Balzic souriait malgré lui en songeant à tout cela. Voilà seize ans que je suis chef de police ici, se disait-il, et aucun de ces honorables élus n'a jamais décroché son téléphone pour m'appeler. Coïncidence – peut-être…

Il ne souriait plus en garant sa voiture devant la porte de Muscotti. Il venait de repenser à Armand Manditti, dit Fat Manny, à qui sa graisse venait de sauver la vie, et à Tullio Manditti, qui se conduisait comme si son frère avait été tout autre chose qu'une victime.

Il fit une pause sur le seuil de la maison pour laisser à la colère qu'il sentait monter en lui le temps de s'apaiser. Rien ne permettait de penser que le fait que Fat Manny ait perdu son travail – en admettant que ce soit vrai – eût un rapport quelconque avec ce qui venait de lui arriver. Mais Balzic ne pouvait s'empêcher de revenir sans cesse à cette hypothèse, et il n'aurait pas voulu qu'un manque de sang-froid lui fît rater cette possibilité d'en avoir le cœur net.

Il était presque cinq heures quand il pénétra dans l'établissement. Le bar disparaissait derrière les silhouettes des employés des moulins et des chantiers venus prendre un verre après le boulot en attendant le résultat des courses. On verrait bientôt arriver les greffiers du tribunal, et les marchands qui tenaient boutique dans le voisinage. Quelques jeunes gens, qui préparaient leur entrée à l'université au collège du comté, étaient attablés devant des quarts de bière. On voyait à une autre table Tom Murray, directeur et rédacteur en chef de *La Gazette de Rocksburg*, flanqué de deux de ses reporters : Dick Dietz, qui couvrait l'activité du tribunal, et Bob Armour, chargé de suivre les débats du conseil municipal. A l'extrémité du comptoir, la plus proche de la porte de sortie latérale, se tenaient trois des plus fidèles amis de Muscotti, Dom Scalzo, Tony Di Lisi et Bruno Cercone.

A l'autre extrémité du comptoir, face à l'entrée principale, Vinnie le barman poursuivait une discussion sans fin avec Iron City Steve.

— Si la guerre est finie, criait Steve en s'agitant beaucoup, alors pourquoi on continue à se battre ?

— Ça suffit ! cria Vinnie. Assieds-toi, et ferme-la maintenant. Je t'ai assez entendu pour aujourd'hui, j'en ai une indigestion !

Les épaules de Steve furent agitées de quelques mouvements convulsifs. Puis il passa sa grosse main à plat sous son nez avant de se pincer la commissure des lèvres pour en essuyer la salive.

— Une indigestion ? Et moi, alors, qu'est-ce que je devrais dire ? Rien qu'à les regarder, tous, j'en perds l'appétit.

Balzic venait vers eux en échangeant des saluts avec les personnes qu'il connaissait – c'est-à-dire tout le monde sauf les étudiants. Il se demandait pourquoi Dom Muscotti n'était pas là.

— Alors, nous voilà en pleine action ? demanda Steve à Balzic.

— Je n'en sais trop rien, Steve. Et toi ?

— Oh, moi. Vous savez comment je suis. Je traîne, j'écoute, j'observe. Et quand il faut y aller, j'y vais pour de bon. Pas question de revenir en arrière.

— Va t'asseoir, intervint Vinnie. Ou bien tu t'assois et tu fermes ta grande gueule, ou bien tu montes là-haut dormir un peu.

— Vous voyez ? dit Steve, et ses mains qui voletaient devant lui semblaient désigner tout le monde, il y a ceux qui font, et il y a ceux qui disent. Et chaque fois qu'y'en a un pour faire, y'en a un pour dire. Comme ça, tout le monde est occupé, et la terre continue à tourner.

— Ta gueule, je te dis ! Bon Dieu, depuis neuf heures ce matin, tu déconnes.

— Cause toujours… dit Steve en ramassant sa bière et son verre de vin muscat pour s'installer à la table de l'entrée.

— Qu'est-ce que je vous sers, Mario ?

— Une bière. Où est passé Dom ?

— Il avait à faire ailleurs, répondit Vinnie qui s'assit en face de Balzic après avoir tiré son demi de bière. Il ne devrait pas tarder à rentrer. C'est pour quoi ? Vous n'avez pas l'air très en train.

— Je ne te dirai pas le contraire. Tu as entendu parler de Fat Manny ?

— Non. A quel sujet ?

— On a essayé de le tuer.

Le geste arrondi du bras qui essuyait le comptoir s'arrêta net, l'incrédulité et une totale surprise se peignirent sur les traits de Vinnie.

— Sans blague. Qui ? Et pourquoi, bon sang ?

— Excellentes questions. Je me suis dit que tu saurais peut-être quelque chose.

— Eh, Mario ! Dieu m'est témoin, c'est la première fois que j'en entends parler. C'est arrivé quand ?

— Cet après-midi. Tullio l'a trouvé sur son porche en rentrant de la décharge. Il s'était fait trouer pour de bon. Et celui qui a fait le coup n'a pas dû traîner longtemps sur les lieux.

— Nnn-on… Merde ! Eh bien ça, par exemple… ! Mario, je… je ne sais pas quoi dire.

— Et la réunion de famille, là-bas, c'est pour parler de quoi ?

— Vous voulez dire Soup, Digs et Brownie ?

Les amis de Muscotti avaient tous des surnoms. Balzic fit oui de la tête.

— Rien de particulier, à ce que j'en sais. La routine.

— Ah bon ? Eh bien, rends-moi un service. Tu vas les trouver et tu leur dis ce que je viens de t'apprendre. Je veux voir quel effet ça produit.

— Eh, Mario, dit Vinnie en se penchant sur lui par-dessus le comptoir. Pas de ça, pas avec moi. C'est injuste.

— Tu peux faire ça, tout de même !

— D'accord. J'y vais. Mais je vous le dis, Mario, vous vous trompez. Ces types n'ont rien à voir avec Fat Manny. Ni avec Tullio. S'ils avaient eu la plus petite histoire avec l'un de ces deux-là, ou les deux, je le saurais. Il n'y a rien eu.

— Je te crois. Mais vas-y tout de même.

— Oh, Vinnie ! appela quelqu'un, deux autres, par ici !

— Du calme, du calme. J'ai pas quatre bras.

— Ça, on s'en doutait !

Vinnie haussa les épaules à l'intention de Balzic.

— Vous voyez à quoi j'ai droit toute la journée ? Des comédiens, je vous dis. On pourrait se croire à Hollywood, ici. Et, moi, je serais Cecil B. De Mille.

Il se hâta de servir cette dernière commande avant de filer à l'autre bout du bar, où il se pencha pour dire quelques mots à Scalzo, Di Lisi et Cercone.

Balzic ne distinguait pas clairement le visage de Di Lisi, mais il vit Cercone s'étrangler en avalant de travers tandis que le visage de Scalzo devenait soudain inexpressif. Scalzo jeta un coup d'œil dans la direction de Balzic, avant de dire quelque chose aux deux autres. Il se pencha ensuite en avant pour entendre leur réponse, puis se leva, prit sa bière et se dirigea vers Balzic.

Scalzo était un Italien trapu, à la paupière lourde, indifférent à sa propre apparence et n'affichant nulle prétention pour lui-même ou pour le travail qu'il faisait. Il semblait en proie à un trouble de plus en plus grand tandis qu'il s'approchait de Balzic – lequel se disait que Scalzo était sans doute l'homme à qui parler. Nettement plus âgé que Di Lisi et Cercone – il avait soixante-trois ans et il était aux côtés de Muscotti depuis 1945, date de son départ de l'armée. C'est comme militaire, d'ailleurs, qu'il avait travaillé officiellement pour la dernière fois : il était alors cuisinier, ce qui lui avait valu son surnom de Soup.

Il posa sa bière sur le bar et s'installa tout contre Balzic.

— C'est quoi, cette histoire à propos de Manny ?

— C'est bien ce qu'on t'a dit, Soup. Sans toute cette graisse qui l'enveloppe, à l'heure qu'il est nous serions en train de boire à son souvenir.

— Quel est l'abruti qui... Franchement, Mario, le Manny, c'est pas un cadeau. Vous savez ça mieux que moi. Mais vous devez reconnaître qu'il n'a jamais fait de mal à personne. C'est une brute, rien de plus.

— Eh bien, cette fois, il aura fait mal à quelqu'un.

— Je ne peux pas le croire. Quelqu'un a perdu les pédales. Pourquoi ? Pourquoi lui ? Vous avez une idée ?

— Pour le moment, je ne suis pas très certain de ce que je pense. Je ne sais rien de plus que tout ce que tu sais toi-même ; il était coursier pour Dom depuis des années, mais Tullio, à l'hôpital, m'a dit qu'il ne travaillait plus ces derniers temps.

Scalzo se mit à rire.

— Sans blague ? Fat Manny chômeur ? Depuis combien d'années ?

— Tu vois ce que je veux dire. Tullio a dit qu'il ne travaillait pour personne – et je reconnais qu'il ne m'a pas dit, précisément, qu'il ne travaillait plus jamais pour Dom. Mais c'est l'idée que j'en ai gardée.

— Il y va un peu fort, là, le Tullio. Il parle sans savoir. Dom envoie régulièrement Fat Manny se faire voir ailleurs. Ça ne tire jamais à conséquences.

— Ouais. Je me souviens d'avoir vu Dom le virer une fois, au moins. Et je crois bien savoir pourquoi. Mais cette fois, c'était pour quelle raison ?

Scalzo laissa passer un bon moment avant de répondre.

— Ecoutez, Mario. Ça fait tout de même une sacrée paye qu'on se connaît, hein ?

Balzic opina du chef.

— Est-ce que j'ai déjà agi en dehors des lois ? Hein ? Une fois, une seule ?

— Non. Pas avec moi en tout cas.

— Bon. Alors, vous pouvez me croire. Même chose pour Brownie, et même chose pour Digs. Je ne sais pas ce que vous avez derrière la tête, mais je vois bien que vous êtes embêté. En tout cas, vraiment, vous avez tort si vous avez seulement le commencement d'une idée… bref, le coup de Vinnie qui vient nous annoncer… Vous vouliez nous observer, Mario ? Vous n'auriez pas dû faire une chose pareille. Venant de vous, franchement, ça m'étonne un peu.

— Ma foi, c'était peut-être un peu vicieux de ma part. Mais voilà si longtemps qu'il ne s'était rien passé de tel par ici. Si les choses devaient se gâter encore avant qu'on soit intervenu, j'en ferais une maladie.

— Je comprends ça très bien, dit Scalzo. Je sais parfaitement ce que vous voulez dire. Mais que ce soit Brownie, ou Dig ou moi, aucun de nous n'a quoi que ce soit à voir avec ces deux-là. Ce qu'ils font pour Dom, ça les regarde. Je n'aime pas Tullio. J'ai jamais pu l'encadrer. J'allais chez eux quand le vieux vivait encore. Lui, je l'aimais bien. On faisait des parties de *morra*, on buvait son vin. A cette époque déjà, je n'aimais pas Tullio. Il a toujours été baratineur. Il n'avait pas quatre ans qu'on se méfiait déjà de lui comme de la peste. Et chaque fois que Manny avait des ennuis, chaque fois qu'il en a eu depuis, c'était à cause de Tullio. Mais c'était toujours Manny qu'on attrapait. Manny, voyez-vous, c'est pas un rapide dans sa tête. Le vieux s'occupait pas mal de lui, et Tullio ne le supportait pas. Alors, il essayait tout le temps de mettre Manny dans le pétrin pour le dévaloriser aux yeux de leur père. Il continue aujourd'hui. Avec Dom. Il n'arrête pas de dire à son frère : “Dis donc, pourquoi tu ne gardes pas quelques tickets ? Personne ne s'en apercevra…” et autres conseils du même acabit. C'est moche, hein ? Manny finit toujours par se faire avoir.

— C'est ce qui s'est passé cette fois encore ?

Scalzo haussa les épaules.

— Ma foi, peut-être que j'aurais mieux fait de me taire. Demandez plutôt à Dom. Ou encore, à Vinnie. Oui, parlez-en à Vinnie. Il en sait bien plus que moi. Vous pouvez me croire.

Scalzo prit sa bière et but une gorgée.

— Depuis le temps, Mario, je connais le coin. Croyez-moi, vous perdez votre temps là-dessus. C'est un détraqué qui a fait ça. Je ne vois pas d'autre possibilité.

C'était au tour de Balzic de hausser les épaules.

— En tout cas, écoute-moi bien, Soup. Je vais continuer à poser des questions jusqu'au moment où j'aurai la preuve que tu as raison. Tu piges ? Et, crois-moi, j'espère que tu as raison.

— Vous verrez, dit Scalzo. Il tourna les talons et repartit vers l'autre extrémité du comptoir où l'attendaient Cercone et Di Lisi.

Balzic posa sur son verre un regard mélancolique. Puis s'en saisit, le vida en quatre longues gorgées et le tendit à Vinnie.

Vinnie remplit le verre et le posa, puis se mit ensuite à essuyer le comptoir et, assez méticuleusement, les pieds des verres vides alignés devant lui.

— Alors, qu'est-ce qu'ils disent ?

— Soup dit qu'ils n'ont rien à voir avec Manny, ni avec Tullio.

— Ah, bon... Ils ont dit ça ?

Balzic fit oui de la tête.

— Il m'a également conseillé d'en parler avec toi. Il pense que tu en sais plus que lui, sur ces deux-là. Et plus que Digs ou Brownie.

— Je vous l'ai déjà dit, Mario. S'ils avaient eu la moindre histoire, j'en aurai eu vent.

— D'accord, tu me l'as dit. Alors, explique-moi un peu : est-ce que Manny fait toujours le coursier pour Dom, oui ou non ? Tullio dit que non.

— Ecoutez, Mario, je pourrais vous le dire, mais je préférerais vraiment que ce soit Dom qui vous réponde. Vous comprenez ?

— Donc, c'est non.

Vinnie baissa les paupières en signe d'acquiescement, avant de hausser les épaules.

— Ce n'est pas la première fois qu'il le vire et, franchement, je n'ai pas l'impression que les choses se soient passées d'une façon différente cette fois-ci. Mais parlez-en avec Dom. J'ai déjà eu assez d'ennuis avec lui, ces derniers temps. Il est allé jusqu'à me reprocher de parler de ses affaires. Même si je n'ai pas l'intention de passer ma vie avec lui, je ne suis pas si bête. Mais il le dit parce qu'il le croit.

— Tu as eu des ennuis à cause de lui ?

— Oh, Mario, sans blague ! Vous n'êtes pas au courant ?

— Je ne sais pas de quoi tu parles.

Vinnie l'invita d'un signe de tête à le suivre vers l'autre extrémité du comptoir. Il s'était mis devant la fenêtre donnant sur Main Street et parlait à voix basse. Balzic devait se pencher au-dessus du comptoir pour l'entendre.

— Il a quel âge ? commença Vinnie. Cinquante-sept, c'est bien ça ? Balzic hocha la tête. Vous savez depuis combien de temps il ne peut plus bander ? Depuis cinq ans. C'est à cause de tout ce Canadian Club qu'il a avalé. Si j'ai arrêté l'alcool, moi, c'est pourquoi, à votre avis ? Je prends deux petits cognacs par jour, et c'est tout. Le premier dans mon café, le deuxième vers midi. Et il m'a dit que c'était encore trop. *Lui* ! On croit rêver, non ?

— Je ne te le fais pas dire.

— Vous vous rendez compte, Mario... Une gamine, plus jeune que ses propres filles.

— Sans blague ! Ces choses-là arrivent à des types très bien, tu sais.

— Peut-être. Mais ces types n'ont pas des femmes comme la sienne. Le jour où elle va tout découvrir, elle est capable du pire. Et quand elle lui aura réglé son compte, c'est sur moi qu'elle tombera…

— Tu crois qu'elle se doute de quelque chose ?

Vinnie hocha la tête et fit une grimace.

— Elle m'a appelé chez moi la semaine dernière. Vous savez depuis combien de temps ça ne lui était pas arrivé ? Depuis la mort du vieux, le père de Dom. Il y a vingt-deux ans ! Et vous savez ce qu'elle m'a demandé ? Elle voulait savoir comment marchaient les affaires. Les affaires ! C'est trop, non ? Je ne vous dis pas les bobards que je lui ai racontés. Bon Dieu, rien que pour ce numéro-là je mériterais un oscar !

— D'après toi, qu'est-ce qui a pu la mettre sur la piste ?

— Depuis deux mois il y a un trou dans la caisse chaque fin de semaine. Vinnie secoua la tête et lâcha un profond soupir. Incroyable, non ? Ce Toscan de malheur, est-ce qu'il avait besoin de ça à son âge ? Il s'est payé un docteur-miracle, ou quoi ? Et moi, qui n'ai rien demandé, je me retrouve mêlé à tout ça ! Ordre d'être gentil avec la poule. De lui servir à boire, à manger. Tout ce qu'elle veut, autant qu'elle veut. Oh, Seigneur ! Croyez-moi, Mario, je n'ai jamais eu autant la trouille. Même quand Sammy Weisberg était encore vivant, je n'avais pas peur comme ça.

— Tu crois qu'il se contente de taper dans la caisse, pour cette fille, ou bien il lui fait des cadeaux plus conséquents ?

— J'en sais rien, moi ! Je vous l'ai dit, si ça continue, je me tire en Californie, ou dans n'importe quel trou. J'en peux plus, je perds complètement les pédales. Et lui, il est comme un môme. Vingt sacs, trente sacs par jour qu'il lui refile. Malheur ! Vous savez ce qui me fait le plus peur ? J'ai l'impression que ce vieux salaud se fout de tout, qu'il est prêt à aller jusqu'au bout pour voir ce que ça donnera quand le scandale lui pètera à la gueule…

— Ça fera du bruit, c'est sûr.

— Eh, Vinnie, c'est ton jour de congé, ou quoi ? appela quelqu'un du fond du bar.

— Ferme ta grande gueule, on vient ! cria Vinnie sans même tourner la tête. Il fit mine d'y aller, puis revint sur ses pas. Vous savez ce que j'ai fait, dimanche ? Essayez de deviner, vous ne trouverez jamais.

— Alors, dis-le-moi.

— Eh bien… Depuis le jour où j'ai enterré ma mère, je n'avais pas fait un truc pareil. A genoux, un cierge à la main, devant la statue de la Vierge Marie. Bon Dieu de bon Dieu…

Balzic hocha la tête d'un air de sympathie et se remit à contempler son verre entre deux gorgées. Il avait bu celui-là et il en achevait un autre quand il entendit la porte s'ouvrir derrière lui et la voix de Dom Muscotti s'adressant en italien à quelqu'un qui devait se tenir sur le trottoir.

Balzic fut la première personne que vit Muscotti en pénétrant dans le bar. Il lui tendit la main avec un large sourire et lui demanda, en italien toujours, comment il allait.

— Je répondrai plus facilement à cette question quand je vous aurai parlé.

— Derrière ?

— Derrière.

Muscotti n'avait toujours pas lâché sa main. A d'autres que Balzic, une telle poignée de main aurait coupé le souffle, mais il savait que Muscotti, en lui écrasant les phalanges, n'exprimait rien d'autre que son amitié pour lui : en dépit de son âge et de l'abus d'alcool, il restait d'une très grande vigueur. Seules les rides profondes de son visage et de sa nuque, l'estomac de plus en plus protubérant et les cheveux gris qui avaient peu à peu remplacé la tignasse rousse témoignaient du passage des années. Il avait cessé depuis longtemps de conduire lui-même son automobile et ne portait jamais de manteau, quel que soit le temps. Il ne montait dans une voiture que lorsqu'il lui fallait se rendre hors de la ville et trouvait toujours dans ces cas-là un chauffeur bénévole qu'il rétribuait en lui offrant à boire. Il faisait confectionner ses chaussures sur mesure à Philadelphie et avait coutume de dire en riant qu'il espérait vivre une année de plus que son bottier.

Sans cesser de saluer les uns et les autres par leur nom, Muscotti entraîna Balzic dans l'une des deux petites pièces aménagées derrière la cuisine de l'établissement. Il maintint la porte ouverte pour le laisser entrer, tira sur le commutateur d'une lampe qui éclairait la grande table circulaire installée au centre de la pièce, puis revint vers la porte qu'il ferma derrière lui, et donna un tour de clef. Il y avait une dizaine de sièges dans la pièce, dont sept se trouvaient autour de la table, et deux classeurs à dossier en bois ancien occupaient chacun un angle. Muscotti se dirigea vers l'un d'eux et en tira une bouteille de Valpolicella et d'eux verres à bords épais.

— Assieds-toi, Mario, assieds-toi, je t'en prie, dit-il en enfonçant le tire-bouchon. Puis il emplit les deux verres, avec précaution, jusqu'à un petit centimètre du bord. Balzic, toujours debout, prit l'un des verres et l'éleva devant son visage en un toast implicite à la bonne santé de son hôte. Muscotti rendit le toast, puis ils s'assirent en tirant leurs fauteuils pour se rapprocher l'un de l'autre. Comment va ta mère, Mario ?

— Bien. Et la tienne ?

— Oh, on ne peut mieux. Elle est un peu remontée contre moi ces jours-ci.

— Pourquoi ?

— Je lui ai fait déposer son argent à la banque. Elle m'a dit : "Je dois tout leur donner ?" Je lui ai répondu : "Tu peux en garder un peu pour la maison." Devine combien elle a gardé ?

— Combien ?

— Cinq sacs. "On ne sait jamais !" elle a dit. Je lui ai demandé quel genre de coup dur elle prévoyait, et elle s'est contentée de rire. Du coup, ça m'a fait rire comme un fou, moi aussi. Muscotti but son verre de vin jusqu'à la dernière goutte et dit : Bois Mario. Prends-en encore un peu.

— Merci, dit Balzic en regardant la couleur du vin tandis que Muscotti emplissait une nouvelle fois son verre.

— Et Ruth, ça va ? Et Emilie, et Marie ?

— Elles vont bien, dit Balzic. Et ta famille ?

— Oh, tu les connais. De quoi pourraient-ils se plaindre ? A propos, est-ce que je t'ai dit que j'avais eu mes filles ici pour Noël ? Tu dois être la dernière personne qui ne le sait pas encore. Balzic hocha la tête. Tout ça avec des cartes de crédit de la compagnie du téléphone. Elles sont meilleures que toutes les autres. C'est incroyable, tout ce qu'on peut avoir avec ces trucs-là. Quelle idée juteuse ! Je voudrais bien être celui qui a inventé ça. C'est mieux que le foot, mieux que la boxe même, à l'époque où la boxe rapportait bien. Balzic toussa légèrement et croisa les jambes. Muscotti, qui s'était laissé aller contre le dossier de son fauteuil, se redressa, posa les deux mains sur ses genoux et regarda Balzic droit dans les yeux.

— Eh bien, Mario, je t'écoute.

— Tu es au courant, pour Fat Manny ?

Muscotti fit oui de la tête.

— Je venais de l'apprendre quand je suis arrivé ici. J'ai rencontré le jeune De Nezza qui m'a mis au courant.

— Bon. Alors, qu'est-ce qui se passe ?

— Je n'en sais rien, dit Muscotti avec un haussement d'épaules.

— Il travaille toujours pour toi ?

— Non.

— Pourquoi ? Que s'est-il passé ?

— Il a fait quelque chose qu'il n'était pas censé faire.

— Ecoute, Dom. Je me demande si tu te rends compte de…

— Oh, Mario, je me rends compte de beaucoup de choses. Je savais que je te trouverais ici, à la seconde où De Nezza m'a parlé. Je me suis dit, Mario doit déjà être là à m'attendre, je prends le pari à cent contre un.

— Eh bien, tu as gagné. Donc, je répète ma question : qu'est-ce qui se passe ?

— Mario, je te l'ai dit, je n'en sais rien.

— En tout cas, il ne travaille plus pour toi.

— Oh ça… rien de définitif. Je voulais le mettre à pied pour un moment. Il aurait retrouvé son boulot.

Balzic buvait son vin à petites gorgées tout en réfléchissant.

— Dom, il y aura seize ans le mois prochain, nous avons passé un accord, toi et moi. Nous avons fixé un certain nombre de règles. Tu t'en souviens ?

— Je m'en souviens, dit Muscotti en hochant vigoureusement la tête. Pas de putes, pas de came, pas de sang. C'était bien ça ?

— Et sans que tu aies besoin de graisser la patte à qui que ce soit chez moi. Vrai, ou pas vrai ?

— C'est vrai. Je ne t'ai jamais rien donné.

— Ni à moi ni à aucun de mes hommes.

— Je ne peux pas dire le contraire.

— Or, voilà que tout d'un coup, le sang se met à couler, et tu me dis que tu n'es pour rien là-dedans, que tu n'es au courant de rien ?

— Mario, Dieu m'est témoin que je ne savais rien. J'ai eu un choc en l'apprenant. Je ne sais ni le comment ni le pourquoi de cette histoire. Sur la tombe de mon père, je te jure que je n'ai rien à voir avec ça. Tu crois que j'ai intérêt à chercher la bagarre ? Tu me prends pour un de ces cinglés de New York ? Regarde plutôt ce qui se passe : un type, je ne sais pas qui, se met à jouer les Jack l'Eventreur et te voilà dans mon bureau à m'écouter parler en me regardant comme si c'était moi qui avais perdu la boule. Bon Dieu, Mario, ça fait combien de temps qu'on n'avait pas eu besoin de se voir ici tous les deux ? Tu crois que c'est moi qui l'ai voulu ? Tu crois que ça me fait plaisir ?

— Bien, dit Balzic. Mais si tu l'as mis à pied, c'était pour quelles raisons ? Il prenait des paris à son compte ?

— A ton avis ?

— Je pose la question. C'était pour ça ?

— Bien sûr. Qu'est-ce qu'il pourrait faire d'autre ? Ce fils de pute. J'aurais dû le faire travailler à la décharge depuis le début. Voilà mon erreur. Je lui ai donné un bon petit boulot peinard, sous prétexte que ma mère l'aimait bien. Je l'ai sorti des poubelles, et voilà le résultat !

— Pourquoi ?

— Je te l'ai dit. Ma mère a de la sympathie pour lui. Il fait les commissions pour elle. Elle le fait asseoir, et ils bavardent comme deux commères. Il sait exactement comment lui parler. Elle le nourrit, il avale six assiettes de pasta et il lui dit qu'il n'y a pas de meilleure cuisinière sur cette terre depuis que sa propre mère l'a quittée. Moyennant quoi, elle l'adore. Puis il lui débite tous les ragots qu'il a pu ramasser en chemin : qui était à l'église ce matin et qui il a rencontré au supermarché, qui a acheté des zucchini et qui a pris des aubergines… Elle veut tous les détails. J'ai essayé plusieurs fois de le remplacer. Les autres types ne savaient pas comment s'y prendre avec ma mère. Ça se terminait toujours mal, et il fallait que je rappelle Fat Manny. Cette fois encore, depuis que je l'ai viré, elle n'a pas cessé de me harceler.

— C'était quand ?

— Il y a une semaine.

— Bon. Donc, il a pris un pari, et il a perdu. Tu ne penses pas qu'il pourrait y avoir autre chose ?

— Oui, mais quoi ? Franchement, je le crois pas. Il a pris un pari, il a perdu, il n'a pas pu payer et le type lui est tombé dessus. Que veux-tu, on peut comprendre ça… moi-même, je n'agirais pas autrement. Dom se tut quelques secondes, secoua la tête. Je l'ai prévenu cent fois, cet abruti. Je lui disais : “Manny, tu ne peux pas faire des choses comme ça. Un de ces jours, tu vas perdre un gros paquet, tout le monde croira que je suis derrière toi pour éponger, et comme il n'en est pas question, c'est toi qui seras dans le pétrin. Comment tu feras pour payer, si tu perds cinq cents sacs sur un pari ? Ce que je te donne ne représente même pas cinq pour cent de cette somme !" Tu crois qu'il m'écoute ? Autant souffler dans une mandoline ! Et tu sais ce qui me tue, encore plus que tout le reste ? C'est ce qu'il fait avec son argent. Dès qu'il a trois dollars en poche il fonce à la pâtisserie du coin, il se plante devant la vitrine avec toutes ces cochonneries pleines de crème et de pâte de fruits, et le compteur repart en sens inverse… Et si par malheur il vient d'encaisser quelques paris pour moi… tu imagines la suite. Sans compter ce salopard de Tullio, qui est toujours là au bon moment pour lui dire : "Vas-y, Manny, t'en fais pas pour Dom. Tu crois que s'il manque un ou deux sacs à la fin de la journée ça fera une différence pour lui ?" Et cet imbécile écoute son frère et se dit qu'il a bien raison. Je lui botterais bien le cul aussi, à celui-là. Mais Manny, lui, n'est pas malin comme son frère. J'ai beau me mettre en colère contre lui, au fond je n'arrive pas à lui en vouloir, tu comprends : on sait bien qu'il lui manque une case… J'ai eu tort de ne pas lui mettre une bonne raclée la première fois qu'il m'a fait le coup. Je savais que ça finirait mal…

— Bon. Tu peux leur botter le cul à tous les deux si ça te fait plaisir, mais il y a deux choses que tu dois faire d'abord.

— Moi ? Qu'est-ce que tu veux que je fasse ?

— Un, dire à Tullio qu'il se tienne à carreau. Parce que s'il devait arriver quelque chose, c'est toi que je choperais en premier.

— Oh, Mario…

— Il n'y a pas de oh, Mario. C'est comme ça, et c'est tout. Nous avons fixé des règles. Toi et moi. Tu as eu les mains libres, tu n'as payé ni taxes ni bakchich. Tout pari gagnant devait être payé, et on ne prenait pas plus de cinq pour cent d'intérêt sur les prêts aux perdants. Est-ce que j'oublie quelque chose ?

— Non.

— Parfait. Donc, tu t'occupes de Tullio.

— Et si ça ne marche pas ?

— Si ça ne marche pas, vous irez tous au trou et je veillerai à ce que les cautions soient assez élevées, et en liquide, pour que ça te coûte une fortune. Pense à tous les types qui font la retape pour toi. Et fais l'addition.

— Mais, Mario, tu sais parfaitement que ce n'est pas moi qui…

— Je le sais. Mais je fais comme si je ne le savais pas. Parce que Tullio ne m'écoutera pas, moi. Il me prend pour un guignol. *Ton* guignol. Mais qu'il fasse un geste de trop, et c'est tout le monde qui tombera. Et ce n'est pas moi qui signerai les mandats d'arrêt. Ce sera le procureur en personne.

— Allons, Mario. J'ai été régulier avec toi pendant toutes ces années. Comment peux-tu me parler sur ce ton ? A propos d'une histoire à laquelle tu sais que je suis complètement étranger ?

— Je te demande simplement de parler à Tullio. Parce que tu vois, Dom, il n'est pas question de revenir en arrière. Il n'est pas question que cette ville redevienne un champ de bataille comme au temps où Collela était le chef de la police et où Sammy Weisberg et toi mettiez les rues à feu et à sang pour savoir qui serait le patron. Collela vous a bien eus, à ce que je sais, et vous n'avez pas dû vous sentir très malins quand il s'est tiré en Floride dans sa baraque à soixante-quinze mille dollars. L'index tendu de Balzic fendit l'air pour s'arrêter à quelques centimètres du visage de Muscotti. Bordel ! Tu me connais assez pour savoir que je n'ai pas l'intention de m'offrir sur ton compte ce genre de retraite ! Et tu sais aussi que si je n'ai pas un rond d'économie, c'est parce que toi, tu en as beaucoup ! Alors, débrouille-toi avec Tullio !

— D'accord, Mario, d'accord, calme-toi, dit Muscotti en hochant la tête sans lever les yeux. Mais ne me demande pas de faire des miracles. Il y a des choses contre lesquelles on ne peut rien, quelquefois...

— Charge quelqu'un de le surveiller.

— Qui, par exemple ?

— Cercone ferait ça très bien. Explique-lui la situation, et dis-lui ce qui risque de se passer.

— Brownie ? Brownie à la décharge ?

— Ecoute, Dom, c'est ton affaire. A toi de savoir comment tu dois t'y prendre. Moi, je te dis simplement ceci : je ferai tout ce qui sera en mon pouvoir pour savoir qui a fait le coup, et pour le savoir le plus vite possible. Ce qui m'amène à la deuxième chose que je voulais te demander de faire. Tu vas comprendre très vite : dis à Manny qu'il cesse d'écouter son frère. Tant qu'il sera sous l'influence de Tullio, Manny ne me dira rien. Mais s'il l'ouvre, tout redeviendra simple. Je saurai qui est le coupable, je le ferai boucler et on aura l'affaire en mains. Tandis que si Manny continue à la fermer, il faudra que je continue à chercher moi-même, ce qui prendra du temps, ce qui laissera les mains libres à Tullio, ce qui veut dire que tu devras payer quelqu'un pour le surveiller pendant tout ce temps, et c'est finalement à toi que cette histoire coûtera de l'argent. Sans compter que si Tullio bute le type que tu auras mis sur lui ou s'il fait n'importe quelle connerie, alors, pour le coup, tu peux compter sur moi, ça te coûtera un méchant paquet de dollars.

Muscotti hochait la tête et frottait l'une contre l'autre les paumes de ses grandes mains.

— Ce gros-cul. J'aurais dû le coller quelque part dans un bureau. Con comme il est, il devrait travailler pour l'administration.

Balzic, toujours au volant de sa voiture, se rendit directement au commissariat en quittant Muscotti. Il était encore tellement secoué par la conversation qu'il venait d'avoir avec ce dernier, par ce qu'il lui avait dit et par le ton sur lequel il le lui avait dit, qu'il grilla un feu rouge et fut obligé de donner un violent coup de volant pour éviter d'extrême justesse, dans un périlleux dérapage plus ou moins contrôlé, un camion et une fourgonnette chargée de boy-scouts. Il poursuivit sa route sans ralentir une seconde, tassé sur son siège et la tête enfoncée dans le col de son imperméable, priant le ciel que personne ne l'ait reconnu.

Tout en grimpant les marches de l'escalier, il marmonnait dans sa barbe : "Pauvre idiot, encore heureux qu'il te reste assez de bon sens pour circuler dans une voiture banalisée..."

Dans la salle de garde, il trouva le sergent Vic Stramsky au téléphone, écoutant et prenant des notes.

— Encore un fugueur, dit Stramsky en raccrochant. Il a piqué l'argent dans le portefeuille de sa mère et il s'est tiré. Treize ans. Je me demande jusqu'où il pense aller avec quatre dollars.

— Signale-le aux patrouilles, dit Balzic. On aura peut-être plus de chance avec celui-là qu'avec les précédents. C'est le troisième depuis le début de la semaine, non ?

— Ouais, dit Stramsky en hochant la tête, mais on a retrouvé le numéro deux.

— Eh bien, ça fait un à deux, les gosses mènent la partie. Balzic se dirigea vers la machine à café pour se verser une tasse. Il prit une gorgée, claqua des lèvres et recracha le tout à ses pieds. Mais qu'est-ce qu'elle a encore, cette saloperie de machine ? On ne lui a jamais demandé de faire de l'eau bouillante !

Stramsky, ignorant du drame qui se jouait à deux pas de lui, s'était penché sur le combiné-radio pour égrener le nom, le prénom et la description du jeune fugueur. Quand ce fut terminé, il dit :

— Pourquoi t'en prendre à cette machine ? On ne lui a pas demandé de faire du café glacé, tu n'avais qu'à attendre un peu, c'est tout.

— C'est ça, fais-moi un discours sur la patience, maintenant ! Ma matière grise aussi est en ébullition, figure-toi ! J'ai la tête qui réfléchit dans six directions à la fois – toutes fausses – et on voudrait encore que j'améliore mon caractère ! Si je me brûle encore une fois, une seule, cette machine ira directement à la poubelle et *on* comprendra peut-être qu'il vaut mieux me fiche la paix quand je suis dans ces états-là ! Il s'approcha du registre posé sur une table devant l'appareil de radio et parcourut du doigt la liste des appels. Quelle journée ! Deux pare-chocs froissés, un matelas en feu, une fugue, Fat Manny, et il n'est même pas sur le registre.

— Qu'est-ce que tu racontes dans ta barbe ? demanda Stramsky en faisant rouler son fauteuil pour se rapprocher de Balzic.

— Ecris donc là-dedans qu'Armand Manditti a été victime aujourd'hui d'une tentative de meurtre, entre quinze heures trente et seize heures trente. Agresseur non identifié.

— Tu as bien dit Fat Manny ?

— Ouais. Bon. Je file à Norwood.

— Pour quoi faire ?

— Parce que c'est là que ça s'est passé. Stramsky se détourna brusquement. Mais Balzic avait vu son sourire. Qu'est-ce qui t'amuse là-dedans ?

— Toi. Tu as vraiment l'air de marcher à côté de tes pompes. Pourquoi être revenu ici, si tu étais tellement pressé d'aller à Norwood ? Tu pouvais me dire tout ça par radio, non ?

Balzic le regardait en tordant le nez.

— Tu me trouves plutôt con, hein ?

— Ma foi…

— Ouais ? Eh bien, qu'est-ce que tu aurais dit si tu avais vu il y a cinq minutes comment j'ai failli me payer une camionnette pleine de gamins, et comment je me suis tiré de peur qu'on me reconnaisse ! Je t'assure qu'il y avait vraiment de quoi se les prendre à deux mains et… Mais pourquoi je suis revenu ici, bon Dieu ? Pour me brûler la bouche ! Après le savon que j'avais passé à Muscotti… Incroyable, tu sais. Je m'entendais parler, et je n'en croyais pas mes propres oreilles.

Stramsky émit une sorte de gloussement.

— Qu'est-ce que tu lui as dit ? Le téléphone se mit à sonner, empêchant Balzic de répondre. Stramsky décrocha, écouta une seconde puis tendit le récepteur à Balzic. C'est Johnson, de la police d'Etat. Département des Enquêtes Criminelles.

— Salut, Walk. Tu as trouvé quelque chose ?

— Pas grand-chose, mon vieux. Mais laisse-moi te dire : tu ne te trompais pas en me décrivant ces deux zigues comme des bêtes. T'aurais dû voir la tanière. Des piles de vieux journaux jusqu'au plafond dans… je suppose que c'était le living-room ; dans la cuisine, des monceaux d'ordures ; dans la salle de bains, on a trouvé un radiateur de bagnole et deux batteries. Et l'odeur ! Seigneur ! Comment savoir s'il y avait eu bagarre ou non, dans un pareil bordel ? Mes hommes ne sont pas arrivés à se faire une opinion.

— Ah… Des indices ?

— Beaucoup de sang, un peu partout. Aucune trace d'effraction sur les portes ou les fenêtres. Quelques empreintes, mais trop brouillées pour qu'on puisse en espérer grand-chose.

— S'il y avait du sang par terre, ils ont dû marcher dedans, non ?

— Non. Beaucoup de traces, mais rien de très clair, non plus, de ce côté-là.

— Des marques de pneus devant la maison ?

— Ça, oui. Partout. Mais nous n'avons pu identifier qu'un seul véhicule, et quand Tullio est arrivé, nous n'avons pas eu besoin d'un expert pour voir que c'était le sien. Johnson fit une pause, puis émit un petit rire à l'autre bout du fil.

Ce Tullio, c'est quelque chose… Il s'est amené en gueulant comme un veau et en exigeant de voir notre mandat de perquisition. J'ai essayé de lui expliquer que son frère était la victime, et que nous étions, chez lui, sur le lieu du délit, mais j'y ai usé ma salive en pure perte. Après dix minutes de hurlements, il s'est calmé tout d'un coup et il a dit : "J'ai besoin de prendre un bain, fichez-moi la paix." Et il est parti se laver.

— Donc… hum… vous êtes allés là-bas pour… hum… pour rien ?

— Désolé, Mario. J'aurais bien voulu t'en dire plus, mais à part ces empreintes, il n'y avait vraiment rien à se mettre sous la dent. J'ai envoyé un homme à l'hôpital pour relever les empreintes de la victime, et nous avons pris également celles de Tullio. On va comparer tout ça et on verra ce qu'il en sort – c'est notre seul espoir pour le moment.

— Eh bien, merci, Walk. Je savais que je pouvais compter sur toi.

— Tu ne t'étais pas trompé, dis donc, quand tu m'as parlé des voisins. Je n'ai pas pu en trouver un seul qui s'exprime en anglais.

— Oh, ils en sont parfaitement capables, détrompe-toi. Mais ils ne veulent pas. Même pas avec moi. Balzic poussa un profond soupir. Bien, Walk. Préviens-moi quand tu auras le résultat, pour les empreintes.

— Bien sûr. Et ne t'en fais pas trop.

Balzic raccrocha et lâcha un juron.

— J'ai cru comprendre qu'ils n'avaient rien trouvé ? dit Stramsky.

— Tu as bien compris, frère.

— Et maintenant, raconte-moi un peu ce que tu as dit à Muscotti.

— Moi ? Oh, pas grand-chose ! Je l'ai simplement averti que s'il se passait quoi que ce soit en rapport avec l'écorchage de Manditti, il irait au trou et tout son petit monde avec lui. C'est bien la menace la plus crapuleuse que j'aie jamais proférée. Tu m'aurais vu, assis en face de lui… j'avais vraiment l'air d'y croire. Je dois trop regarder la télévision, ma parole. Et tu sais ce qui m'a scié complètement, dans tout ça ? Stramsky leva la tête vers lui, l'œil interrogateur. Ce qui m'a scié, continua Balzic en secouant la tête, c'est qu'il y a cru, lui aussi ! Franchement, Stram, tu me vois, moi, allant trouver l'attorney général dans son grand bureau de Pittsburgh pour lui raconter que depuis seize ans j'ai laissé opérer le plus gros banquier et le premier organisateur de paris clandestins du comté sans jamais l'arrêter, ni lui ni personne de son entourage, et que je n'en ai jamais reçu un penny ? A ton avis, qu'est-ce qu'il dira, l'attorney, en entendant ça ? Rien ! Il rigolera tellement qu'il ne pourra pas parler, et qu'il s'en collera une hernie !

— Tu ne crois pas que Dom le sait aussi bien que toi ? Ou du moins, qu'il va y réfléchir ?

— Je n'en sais rien. Si tu avais vu sa tête… Je n'en revenais pas moi-même. Tu crois que le Canadian Club a fini par lui ramollir le cerveau ? Moi, je pense plutôt qu'il est obnubilé par autre chose.

— Quoi ?

— C'est Vinnie qui m'en a parlé. Le vieux Toscan serait, comme qui dirait, complètement ravagé par le démon de midi. Vinnie en a été tellement secoué qu'il est allé à l'église dimanche dernier brûler un cierge à la Sainte Vierge. Il vaudrait mieux trouver une statue de saint Jude* … et on pourra tous y aller de notre cierge le jour où la femme de Dom découvrira le pot aux roses.

— Tu veux dire que Dom s'est trouvé une poule ? demanda Stramsky en partant d'un énorme rire.

— Tout juste, mon vieux. Ris donc, si ça t'amuse. Mais pense à ce qui va arriver le jour où sa légitime mettra son nez dans les comptes et lui demandera des explications sur le trou qui se

* Jude : Judas en anglais.

creuse un peu plus chaque semaine. Qu'est-ce qu'il pourra bien lui raconter ?

— Il tape dans la caisse pour la fille ?

— D'après Vinnie, oui. Je n'avais jamais vu Vinnie avec une trouille pareille. Et plus j'y pense, mieux je comprends pourquoi Dom a marché à mon baratin. Balzic se tut une seconde, soupira. Et il me vient une autre idée. Malheur !

— Qu'est-ce qu'il y a encore ?

— Il y a que si sa bourgeoise lui tombe dessus et qu'elle décide de faire du scandale, on se retrouve directo dans le bureau de l'attorney. Tu me suis ?

— Oui. Et alors ? Tu n'as rien à te reprocher, que je sache ?

— Allons, Vic, ne te fais pas plus bête que tu ne l'es. Il y a deux façons de se mouiller. La première, tout le monde la connaît. La deuxième, c'est la nôtre. Nous ne faisons pas ce pourquoi nous sommes payés, frère, et ça, elle n'aura pas de mal à le prouver.

— Dis donc, Mario, tu ne crois pas que tu vas un peu loin ? La femme de Dom ne s'est jamais mêlée de ses affaires, on ne l'a jamais vue au bar. Qui va la mettre au courant ?

— Elle n'a besoin de personne pour comprendre, elle est bien assez maligne. Elle a appelé Vinnie la semaine dernière pour lui demander comment marchaient les affaires. Elle se doute de quelque chose. Elle fait les poches de son mari chaque soir dès qu'il se met à ronfler. Je suis certain que Dom te dirait ça aussi bien que moi. Il lui reste à trouver où passe l'argent. Ah, bon sang !... Balzic fit claquer ses paumes l'une contre l'autre avant de s'en frapper la tête. Pas étonnant qu'il m'ait laissé parler ! Il m'écoutait, il me regardait, mais c'est sa femme qu'il entendait !

— Je ne te suis plus, dit Stramsky.

— Dom. Je m'imaginais qu'il avait marché à *mon* baratin. Mais le jour où sa femme va entrer dans la danse, elle lui dira exactement la même chose. La seule différence c'est que moi, je l'asticotais à propos de Fat Manny. Mais il a déjà dû vivre cent fois cette scène en imagination… avec sa femme. Il sait parfaitement ce qu'elle va lui dire. Et ça ne fait guère de différence. Il sait très bien que je ne pourrai jamais le faire boucler sans être sérieusement éclaboussé moi-même, mais Mrs. Muscotti, elle, peut lui régler son compte une fois pour toutes en le balançant à l'inspection des Impôts. Et dire que je me croyais le plus fort ! Dommage, vraiment, que la tête ne suive pas.

Sur quoi, après avoir assené un violent coup de poing sur le bureau le plus proche, Balzic se dirigea vers la porte.

— Eh, où tu vas, maintenant ?

— Quelque part. Quelque part où trouver quelqu'un de plus intelligent que moi, même s'il faut aller très loin pour ça. Ce qui m'étonnerait beaucoup, à vrai dire.

Balzic emprunta les contre-allées pour éviter les encombrements, et dix minutes plus tard il pénétrait dans le parking du Rocksburg Bowl. A l'intérieur, il chercha du regard Mo Valcanas. C'était certainement le jour des dames, car il n'y avait personne du sexe masculin, à l'exception du barman, qui avait dû être joli garçon avant que l'âge et l'embonpoint ne s'en mêlent, et qui avait une façon bien à lui de passer les mains dans ses cheveux clairsemés et de rectifier son nœud de cravate chaque fois qu'il prenait une commande. Il semblait avoir trouvé son paradis en servant des boissons alcoolisées et des plaisanteries de corps de garde à des escouades de joueuses de bowling. Balzic se dirigea vers la salle, située derrière le bar, où les tables de jeu fonctionnaient quotidiennement.

Là, il trouva Mo Valcanas et Dick Gervasi, le propriétaire des courts. Gervasi écrivait sur un minuscule calepin, tandis que Valcanas battait les cartes en s'efforçant de lire à l'envers le score de la partie. Tout deux levèrent le nez en même temps.

— Mario, dit Gervasi. Voilà une paye qu'on ne t'avait plus vu ! Dis-moi où tu te cachais ?

— Il n'y a pas de quoi se réjouir, enchaîna Valcanas. S'il est ici, c'est qu'il a quelque chose à me demander.

— Messieurs, dit Balzic en attirant une chaise pour s'y installer à califourchon, je n'irai pas par quatre chemins.

— Un flic qui n'y va pas par quatre chemins, c'est quelque chose qu'on n'a pas vu souvent, remarqua Valcanas. Ce jour pourrait être une date dans l'histoire de l'Amérique.

— Ah, comme tu es mignon. J'ai envie de te faire une grosse bise.

— Tu veux boire quelque chose, Mario ? demanda Gervasi en se levant.

— Non, merci. Je voudrais surtout parler au Grec deux minutes. Tu permets ?

— Ça alors ! C'est à moi que tu veux parler, et c'est à lui que tu demandes la permission ?

— Quel amour tu fais ! Je suis certain que ta mère n'a pas touché terre et qu'elle a vécu neuf mois de sainte béatitude en attendant de voir pointer ton adorable petite tête déplumée !

— Bon. Je vous laisse, Mario, et c'est de bon cœur. Ce Grec me porte sur les nerfs, aujourd'hui. J'ai besoin de respirer un grand bol d'air frais.

— J'ai vu que tu avais un nouveau barman, dit Balzic. Où est passé Jimmy ?

— A l'hôpital. Il devrait être de retour d'ici deux semaines. Tu es sûr que tu ne veux rien prendre ?

— Sûr. J'ai déjà bu pas mal aujourd'hui.

Gervasi sortit en refermant la porte derrière lui.

— Alors, Mario, dit Valcanas, qu'est-ce qui t'amène jusqu'à moi cette fois-ci ?

— Simplement une ou deux questions de droit.

— Auxquelles je suis censé, bien entendu, donner une ou deux réponses gracieuses. Si au moins tu venais m'interroger à mon cabinet, je pourrais t'envoyer ma note.

— C'est vrai. Mais chaque fois que je pénètre dans ton cabinet, j'ai l'impression pénible d'avoir besoin d'un avocat, comme quelqu'un qui est vraiment dans le pétrin.

— Hum. Je devrais installer un bureau dans tous les bistrots que je fréquente. Je gagnerais enfin de l'argent.

— A condition que tes honoraires soient plus élevés que tes ardoises…

— Bon. Assez déconné. Pour cette fois, ça te coûtera deux consommations. C'est vraiment le tarif minimum.

— D'accord. Voici le problème. Je sais qu'une femme ne peut être appelée à témoigner contre son mari. Mais si elle se porte volontaire ? Est-ce qu'on l'écoutera ?

— Ça dépend. Décris-moi la situation.

— Voilà. Une femme, mariée depuis de longues années et qui est toujours restée fidèle à son mari, s'aperçoit brusquement que le vieux brigand s'envoie en l'air hors le lit conjugal, ce qu'il n'avait jamais fait auparavant. L'homme s'est livré, pratiquement toute sa vie, à des activités illégales. Elle n'est pas vraiment ce qu'on peut appeler une complice, mais il ne s'en faut pas de beaucoup. Disons qu'elle est au courant de tout.

Valcanas l'écoutait en souriant, puis il se mit à rire carrément.

— De grâce, ne me dis pas que tu t'inquiètes pour Dom, toi aussi ? La moitié des magistrats de la ville marchent sur des œufs à cause de cette histoire. Voilà deux semaines que je n'entends parler que de ça.

— Eh bien, mettons que c'est moi le plus idiot, puisque j'aurai été le dernier à savoir.

— C'est toi qui l'as dit, Mario. Pas moi.

— Je t'emmerde. Alors ? Elle peut faire du grabuge ? Et jusqu'où ?

— Tout dépend d'une ou deux choses. Primo, est-ce qu'elle a accès aux dossiers, ou bien est-ce qu'elle s'est constitué sa propre documentation ?

Il est certain qu'elle ne sera pas très crédible si elle s'amène simplement dans le bureau de l'U.S. attorney en disant : "Je sais que mon mari a fait telle et telle chose." Supposons maintenant qu'elle ait des dossiers, et qu'elle ait réuni suffisamment de preuves pour que l'affaire arrive devant la justice. Tout dépendra alors des magistrats – notamment de l'habileté avec laquelle le procureur présentera les motivations d'un geste qui arrive bien tardivement dans la vie de cette femme – et de l'avocat – celui de Dom – qui devra, lui, jeter le discrédit sur ces motivations. Et en fin de compte, c'est le jury qui arbitrera. L'accusation essaiera d'y introduire le plus grand nombre possible de vieilles dames, de préférence italiennes et catholiques, et la défense de vieux cochons. Celui qui aura remporté cette bataille sera assuré de gagner la guerre.

— Donc, dans l'hypothèse la plus pessimiste, la femme de Dom pourrait réellement faire du vilain.

— Pour sûr qu'il y a de quoi se faire du mauvais sang. Corcoran était tellement affolé, l'autre jour, qu'il a demandé une suspension d'audience au beau milieu d'un procès pour conduite en état d'ivresse. Deux minutes de plus, et on terminait. Mais il lui fallait une suspension. J'ai cru que la greffière allait tourner de l'œil. Mais je comprends qu'il soit nerveux. Si on additionne toutes les amendes qu'il a collées aux hommes de Dom au cours des huit dernières années, on n'arrive même pas à deux mille dollars. La dernière fois que les boy-scouts de la police fédérale ont choppé Digs De Lisi avec quarante-deux mille dollars de paris clandestins, Corcoran l'a tout juste condamné aux dépens. Ça valait ça à ton avis ?

— J'aime mieux ne pas y penser, dit Balzic.

— Eh bien, si ça t'intéresse de le savoir, demande donc à Digs combien il y avait dans cette mallette quand il est revenu la chercher. "Espèce d'abruti, je lui ai dit, tu devrais être content de récupérer autant ! Et la prochaine fois, tâche de planquer tes reçus au lieu de les laisser traîner sur la table de ta cuisine !"

— Mais je croyais que tu l'avais aidé à se sortir de cette histoire.

Valcanas sourit.

— J'ai introduit un recours en nullité contre les preuves, au motif que les boy-scouts s'étaient fondés sur des informations orales. La loi a été modifiée récemment, et la personne qui a donné les informations doit désormais se présenter elle-même devant le magistrat instructeur. Tu me diras qu'en l'occurrence, la parole d'un flic aurait été largement suffisante. Quoi qu'il en soit, continua Valcanas, si je n'avais pas su que Corcoran serait là pour nous entendre, je n'aurais même pas gaspillé le temps de ma secrétaire pour lui faire taper ce recours en nullité. Mais j'étais certain de ce qu'il allait faire, et je ne me trompais pas. Il a sorti un grand sermon à Digs et il l'a relâché avec cent dollars d'amende et les dépens. Mais Digs est un imbécile qui ne pense qu'à lui. Et surtout, il pense que s'il était tombé sur un autre ami de Dom, il serait reparti avec son amende, sa condamnation aux dépens et sa mallette pleine. Ces macaroni, je t'assure, ils me font rigoler. En voilà un qui récupère sa mallette à moitié pleine, et c'est à moi qu'il en veut. Il dit, texto : "Ça m'aurait coûté moins cher d'aller en prison !" Moi je lui réponds : "Pauvre con, si tu étais allé en prison, tu n'aurais pas revu un rond !" Eh bien, crois-moi si tu veux, mais il ne m'a toujours pas payé à l'heure où je te parle. Et en plus, il refuse de m'adresser la parole. Bon Dieu… ! Balzic mordillait pensivement l'ongle de son pouce. D'ailleurs, reprit Valcanas en changeant de position au fond de son fauteuil, toute cette histoire me paraît le plus beau canular qu'on ait inventé dans ce bled depuis le jour où Froggy a voulu se faire élire juge.

— Pourquoi ?

— Qu'on ne vienne pas me raconter que Dom s'envoie en l'air avec qui que ce soit. Il ne peut pas. On ne peut pas boire ce qu'il boit et rester en état de marche. Il doit être encore plus déglingué que moi de ce côté-là, si c'est possible.

— Ma foi, je ne prétends pas savoir s'il baise ou s'il ne baise pas, dit Balzic, mais beaucoup de gens ont l'air de le penser. Et sa femme sait qu'il y a un trou dans la caisse. Qu'il soit passé à l'acte ou qu'il n'ait pas pu, est-ce que ça change quelque chose ?

— Rien du tout. Si c'est ce qu'elle pense, et si elle agit en fonction de ce qu'elle pense. Pourquoi ne pas lui poser la question, à elle ? Pourquoi ne pas se conduire comme un flic digne de ce nom en empêchant un crime de se commettre, au lieu de l'attendre et de se démener ensuite, pour prouver que la personne qu'on a pincée est bien celle qui a fait le coup ?

— Tu en parles à ton aise, toi. Je me vois d'ici : "A propos, Gina, je voulais vous demander quelque chose..."

— Je me fiche bien de ce que tu lui diras. Et même de ce qu'elle te répondra. Mais pour ce qui est de l'acte, comme tu dis, je ne vois pas le père Dom aller plus loin qu'un vague frotti-frotta. Et encore, par pure nostalgie. Je suis prêt à faire un pari avec toi.

— Lequel ?

— Je parie à vingt contre un qu'il n'a jamais rien fait d'autre que de causer avec cette fille. Et qu'il lui donne du fric uniquement pour qu'elle accepte de l'écouter. Les gens se bousculent à la porte des décortiqueurs de cerveaux parce que c'est la mode bien sûr, et souvent, aussi, parce que leurs proches ne les supportent plus. Mais là, il s'agit de Dom : tu l'imagines sur le divan d'un psychanalyste ? Tu le crois capable de s'avouer que quelque chose ne tourne pas rond dans sa grosse tête ? Par contre, je le vois très bien en train de raconter sa vie à une petite fille. Tu vas me dire : “Et pourquoi pas un prêtre ?” poursuivit Valcanas. Mais tu sais ce que c’est, pour Dom, un prêtre ? C’est un rigolo déguisé en femme qui a lu trop de livres dans sa jeunesse parce que les bonnes sœurs avaient réussi à lui coller la trouille. Il est tout juste bon à dire les mots qu’il faut à votre femme pour qu’elle accepte d’accomplir le devoir conjugal, et à consoler les familles chaque fois que quelqu’un casse sa pipe. Mais surtout, c’est le témoin idéal pour faire basculer un jury le jour où vous vous faites pincer avec un registre de paris clandestins. Et voilà pourquoi on voit Dom arriver les bras chargés tous les dimanches matin à la messe ! Demande à Marrazo si je me trompe. Mieux que ça, va donc le voir et demande-lui si Dom est déjà venu le consulter pour qu’il l’aide à résoudre un problème – n’importe quel problème.

— Inutile de demander, dit Balzic. J’aurais pu dire tout ça aussi bien que toi. Sauf une chose. Je ne suis pas sûr qu’il paye une poule simplement pour l’écouter parler.

— Ecoute, Mario, j’avais un client, à une époque, qui payait une pute cinquante sacs de l’heure, une fois par semaine et quelquefois deux, pour qu’elle le laisse l’engueuler et la traiter de tous les noms. Il ne l’a jamais touchée. Tu veux que je te dise comment ça se passait ?

— Ah, oui. Dis-moi.

— Il lui balançait tout ce qu’il n’avait pas le courage de dire à sa bonne femme. La pute restait assise dans son fauteuil, elle se faisait les ongles, elle écoutait des disques, et toutes les dix minutes elle devait lever la tête et dire : “Qu’est-ce que tu me chantes là, gros bêta ?” et il repartait pour dix minutes. Imagine le problème, ensuite, pour faire avaler cette histoire à sa femme quand elle s’est payé un détective et qu’elle a appris où allait son mari chaque semaine ! Crois-moi si tu veux, mais je n'ai pas trouvé d'autre solution que d'organiser une rencontre.

— Oh ! Tu me fais marcher, ou quoi ? dit Balzic en riant. Entre la pute et la femme légitime ?

Valcanas se grattait pensivement le cou.

— J'étais plus jeune, alors. Bien plus jeune. Je n'arrive pas à croire comment j'ai pu être aussi jeune.

Quand Balzic cessa enfin de rire, il dit :

— Tout de même. J'ai du mal à imaginer que…

— Ecoute, dit Valcanas. Je sais que tu discutes beaucoup avec Marrazo. Et comme tu es, à mon avis, un homme raisonnable, je suis à peu près certain que si quelque chose ne tournait pas rond dans ta tête, tu irais consulter un spécialiste. Mais tu as pensé ce qu'on dirait, en ville, si on apprenait que le patron de la police se fait soigner par un psychanalyste ?

— Je me garderais bien d'en parler à quiconque.

— Donc, qu'est-ce qui t'empêche de concevoir qu'on puisse payer une fille pour vous écouter déblatérer ?

— Je ne le comprends pas parce que je n'arrive pas à m'imaginer moi-même dans cette situation.

— C'est trop fort, ça ! Tu viens justement de dire que si tu allais voir un psy, tu n'en parlerais à personne. Et maintenant, tu dis que tu ne te vois pas en train de payer une fille pour faire exactement la même chose. Tu ne vaux pas mieux que les gens à qui tu prétends en imposer !

— Là, tu vas un peu fort.

— Oh, merde. Je commence à avoir soif. N'oublie pas que tu me dois deux consommations.

— Je n'ai pas oublié.

— Dans ce cas, allons les chercher. Valcanas s'était levé et marchait vers la sortie. Il s'immobilisa à l'instant d'ouvrir la porte. Réfléchis bien, Mario, à cette histoire de psychologue. S'il s'agissait de toi, tu l'as dit, tu ne voudrais pas que ça se sache. Alors, mets-toi un peu à la place du *padrone*. Toi et moi, nous savons très bien quelle est sa position dans notre petite société, et à quoi elle tient. Mais la plupart des gens, ici, ont une idée exagérée de son influence et de ses capacités. Quant à ceux qui travaillent pour lui… ils croient tous qu'il a une tête à l'épreuve des balles, à l'exception de Vinnie. Vinnie ne se fait pas d'illusions. Il connaît son Dom sur le bout des doigts, mieux que n'importe lequel d'entre nous.

— Bon. Je veux bien, dit Balzic. Mais s'il a tellement besoin de quelqu'un à qui parler, pourquoi ne pas aller voir son propre *padrone* ?

— Ma foi… je n'en sais rien. Ils ont entre eux des règles que je ne connais pas. Même celles des francs-maçons sont moins hermétiques. Il y a des choses dont on ne parle pas. Je ne vois pas ce qui peut tracasser Dom à ce point – en supposant qu'il y ait quelque chose. Il a peut-être tout d'un coup pris conscience qu'il était mortel. Il s'est peut-être mis à écouter ce qu'on lui disait à la messe du dimanche matin. Je ne sais pas. Tu ferais bien d'aller voir la fille et de parler un peu avec elle, crois-moi. Il faut que tu saches quel genre de poule c'est. Ce qu'elle a derrière la tête. Et n'oublie pas Marrazo non plus. Il sait peut-être quelque chose. Mais si tu veux vraiment comprendre ce qui se passe, commence par la fille. C'est ce que je ferais à ta place… Tu me dois deux consommations. Ils allèrent jusqu'au bar où Balzic passa commande pour Valcanas. Et toi, tu ne veux rien prendre ? demanda Valcanas.

— Non. Je me demande par qui je dois commencer. La fille, ou le curé ?

— Tu sais Mario, dit Valcanas en prenant son verre, je trouve que cette histoire te tient bien à cœur.

Balzic haussa les épaules.

— Il s'est passé quelque chose aujourd'hui, quelque chose qui sent vraiment mauvais. Si je n'y mets pas rapidement le holà, l'odeur pourrait bien s'en répandre. Et la dernière chose que je souhaite, figure-toi, c'est que cette odeur-là aille jusqu'à Pittsburgh pour chatouiller les narines de l'U.S. attorney. A bientôt, Mo. Sois prudent sur la route si tu rentres chez toi.

— Je roule comme un escargot. Dis donc, on avait bien dit *deux* verres ?

— Donc, je t'en devrai un, dit Balzic en riant, et il tourna les talons après avoir administré une bonne claque dans le dos de Valcanas. Comme il s'éloignait à grands pas, il l'entendit jurer dans sa langue natale. Mais il ne comprenait pas le grec.

En arrivant au presbytère, Balzic trouva la porte du père Marrazo entrouverte, et frappa légèrement. Il perçut un léger bruit à l'intérieur – quelqu'un avait bougé – mais pas de réponse : il poussa un peu plus la porte.

Le prêtre était assis à son bureau et il se redressa à l'entrée de Balzic comme s'il venait de poser quelque chose par terre. Puis, reconnaissant son visiteur, il se pencha de nouveau pour récupérer un verre de vin à demi plein et une bouteille sans étiquette déjà largement entamée. Il ne prit pas la peine de se lever, de parler ou même de sourire, se contentant de lever les yeux vers son visiteur et de lui indiquer un siège d'un hochement de tête. Puis il ouvrit l'un des tiroirs de son bureau, en tira un autre verre qu'il emplit, ainsi que le sien, et, d'un autre hochement de tête, invita Balzic à boire.

— *Salud*, dit le prêtre à voix basse, presque chuchotée. Puis il vida la moitié de son verre sans laisser à Balzic le temps de lever le sien pour répondre à son toast de bienvenue.

Balzic prit une gorgée de vin, juste assez pour le goûter, reposa son verre sur le coin du bureau et s'installa dans le fauteuil qu'on lui avait indiqué.

— Hum… Vous ne vous sentez pas bien, mon père ?

— Physiquement, ça va.

— Si… hum… si vous préférez que je revienne à un autre moment, pas de problème, dites-le-moi sans vous gêner et…

— Mais non, mais non. Reste donc. On va boire un peu, tous les deux. Bien tranquillement.

Un long moment passa – du moins, il parut long à Balzic qui buvait à petites gorgées. Puis il demanda :

— C'est tellement grave ?

— Ah, Mario, c'est pire que ça. C'est ce qu'il m'est arrivé de plus grave, dirai-je, depuis que je m'occupe de cette paroisse. A tel point que j'en suis à m'interroger sur moi-même, au lieu de réfléchir à ce qui s'est réellement passé. Et je dirais même que… peu importe, Mario. Je suis content de te voir. Personne ne peut comprendre ça mieux que toi… Mais, s'il te plaît, bois.

Balzic leva son verre et s'exécuta.

— C'est le vin de Mr. Ferrara ?

Le prêtre fit oui de la tête.

— Et quand nous aurons achevé cette bouteille, j'en ouvrirai une autre. Et ensuite, si tu es encore ici, il nous restera encore quelques litres de chablis californien.

Le père Marrazo parlait en fermant les yeux, avec toutes les grimaces d'un homme qui s'efforce de ne pas pleurer.

Balzic, assis au bord de sa chaise, avait allumé une cigarette et se demandait s'il valait mieux parler ou se taire. Il ne se souvenait pas d'avoir jamais vu le prêtre dans un tel état.

Quelques minutes passèrent. Ils vidèrent leurs verres, le père Marrazo les remplit et ils les vidèrent de nouveau. Il ne restait plus grand-chose dans la bouteille. Le père Marrazo le vida dans le verre de Balzic, puis se leva et quitta la pièce. Quand il reparut, un court instant plus tard, il tenait dans une main la deuxième bouteille du vin offert par Mr. Ferrara, qui le produisait lui-même sur sa propriété, et dans l'autre le chablis californien. Il posa le tout sur le bureau et servit deux verres du vin de Ferrara. Puis il se laissa lentement aller contre le dossier de son fauteuil en levant son verre devant ses yeux pour le mirer à la lumière.

— Il est magnifique, non ?

— Superbe.

— ... C'est lui qui m'a donné mes premiers cours de philosophie. Tu ne trouves pas ça incroyable ? C'était... c'était il y a si longtemps que je ne sais même plus. Balzic levait un sourcil intéressé, mais il ne répondit rien. Quel scandale, à St. Vincent ! continua le prêtre. Il était censé enseigner Aristote, saint Augustin et saint Thomas d'Aquin, et voilà-t-il pas qu'il nous balance dans la foulée Kierkegaard, Heidegger et Jaspers ! Je me demande encore comment ils ont pu tolérer ça aussi longtemps. Il a tout de même fini par s'en aller. J'en étais à ma deuxième année quand ils ont décidé de se passer de lui.

— Euh... mon père, de qui parlez-vous ?

— Comment ? Oh, excuse-moi, Mario. Je croyais te l'avoir dit. Le père Sabatine.

— Je dois l'avoir rencontré une ou deux fois, dit Balzic, mais je ne peux pas dire que je le connais.

— Ah, on ne s'embêtait pas dans son diocèse, crois-moi ! Des bandes de vieux bigots des deux sexes se retrouvaient chaque semaine à l'évêché pour rapporter ce qu'il avait dit le dimanche précédent. Une fois, bien longtemps avant que paraisse l'encyclique déchargeant les juifs de toute responsabilité dans la mort du Christ, il a dit la chose tout crûment, dans un sermon. Il a expliqué que porter une telle accusation à l'égard des juifs était purement et simplement une absurdité. Il n'aurait pas fait plus de bruit dans le diocèse s'il était entré dans le bureau d'Aldonari pour lui annoncer qu'il était un fasciste. Autrement dit, la vérité.

— Mgr Aldonari, l'évêque ?

— Mon Dieu, Mario, je ne dis pas ça au sens littéral du terme ! Mais concernant le régime de Mussolini, par exemple, personne n'ignorait de quel côté penchaient ses opinions et ses sympathies. Pense donc : un homme capable de faire arriver les trains à l'heure en Italie, et de ne pas toucher au Vatican… pour Aldonari, c'était la venue du Messie. Quand on lui a rapporté les propos de Sabatine sur les juifs, il a frôlé l'apoplexie. Et tu sais comment tout avait commencé ? poursuivit Marrazo de plus en plus excité. Tout avait commencé à cause de Sam Weisberg. Quelle histoire, hein ! Il faut dire qu'à cette époque-là, Sabatine était vraiment mordu de golf. Il fallait la neige ou l'orage pour le retenir chez lui. Et bien entendu, il pouvait jouer autant qu'il le voulait au Westfield Golf Club. Il s'est lié d'amitié avec Weisberg après l'avoir rencontré sur un terrain – c'est du moins ce que je suppose – et Weisberg lui a sans doute dit qu'il aurait bien aimé être admis à Westfield. Moyennant quoi, Sabatine l'a amené – tu te rends compte ! – deux ou trois fois avec lui, à ce qu'on m'a raconté. Balzic se contenta de hocher la tête. Bref, à partir de là, Weisberg a commencé à répéter un peu partout qu'il voulait entrer au Golf Club de Westfield. Je n'ai pas besoin de te dire ce qu'était le club dans ces années de l'après-guerre. Il n'y avait pas un Italien négociant en bière, barman ou tenancier de bistrot qui n'ait en poche sa carte de membre. Une bonne moitié d'entre eux étaient aussi membres de cette paroisse, et tous amis des Muscotti. Certains, très proches. C'est déjà un petit miracle que Weisberg n'ait pas été descendu la première fois qu'il a garé sa voiture au parking du club.

— Et vous prétendez que personne n'a jamais dit à Sabatine qui était réellement Weisberg ? demanda Balzic.

— Eh oui. Peut-être parce que Sabatine, en tant que prêtre, n'était pas censé savoir certaines choses, répondit le père Marrazo avec un haussement d'épaules. Franchement, je ne sais fichtre pas pourquoi, mais c'est un fait qu'on ne lui a jamais rien dit. Quoi qu'il en soit, au bout d'un certain temps, il s'est lassé d'aborder poliment la question et de la voir poliment éludée par ses interlocuteurs, et il a décidé de saisir officiellement de cette candidature le conseil d'administration. Les types l'ont laissé parler, ils l'ont remercié de l'intérêt qu'il manifestait pour leur club, ils ont bu un coup ensemble, plus polis et plus aimables que jamais. Et deux jours plus tard ils lui ont envoyé un gentil petit mot pour lui faire savoir qu'ils regrettaient vraiment beaucoup, mais qu'ils ne prenaient plus personne. Alors là, Sabatine a carrément plongé. L'idée qu'il pouvait y avoir à ce refus d'autres motifs que les origines de Weisberg ne l'a, apparemment, pas effleuré une seconde. Et je sais aussi qu'il n'a jamais pu imaginer que parmi les membres de ce conseil d'administration, il y en avait au moins un sur deux pour considérer comme un honneur le fait de tuer Weisberg. De même, je suis certain que Sabatine n'a jamais mis en doute la sincérité de Weisberg. Il serait tombé de très haut s'il avait vu comment Weisberg se tordait de rire chaque fois qu'il pensait à la tête des types du conseil d'administration écoutant Sabatine leur expliquer pourquoi ils devaient l'admettre dans leur club ! Après tout ce temps, bien sûr, on peut toujours dire que Sabatine était naïf, ou borné, ou complètement idiot. Moi, je ne veux pas le juger, surtout dans les circonstances actuelles. Apparemment, il n'en a jamais parlé à quiconque. Mais il en a fait une vraie crise, il s'est cabré sur ses principes et le dimanche suivant, à la messe – comme ils y assistaient tous on l'appelait la messe des joueurs de golf – il leur est carrément rentré dedans. Je me souviens encore de ses derniers mots : "Indécrottables bigots, avez-vous donc oublié, si vous l'avez jamais su, que Jésus lui-même était un juif ?" C'était à peu près aussi subtil qu'un coup de savate dans les couilles. Mais le pire, c'est ce qu'il a fait ensuite avec ses cheveux. A l'époque, continua le père Marrazo, Sabatine avait les cheveux roux et très frisés, crêpés même, comme Muscotti dans sa jeunesse. Et voilà que du jour au lendemain il arrive avec des espèces de petites cornes dressées tout autour de la tête. Je crois qu'il avait pris cette idée dans une petite reproduction du *Moïse* de Michel-Ange, qu'il avait depuis des années et qu'il aimait beaucoup, tout comme il aimait l'origine de ces petites cornes sur la tête de Moïse : quelqu'un – selon lui, en tout cas – s'était trompé en traduisant le mot hébreu qui désignait la lumière rayonnant autour de la tête du prophète, et les rayons étaient devenus, dans le texte latin, des "cornes". L'effet produit sur les joueurs de golf a été fulgurant. Ils se sont immédiatement pendus au téléphone pour informer l'évêque. A la fin de la messe il était déjà là et Sabatine l'a trouvé en train de l'attendre, planté derrière l'autel. Il lui a donné vingt-quatre heures pour faire sa valise et filer à Philadelphie se présenter devant le cardinal. J'ai oublié le nom de ce cardinal, mais je me souviens qu'il a gardé Sabatine près de lui pendant six bons mois, le temps de lui laver le cerveau de toute cette hérésie. Mais dès son retour, Sabatine m'a appelé, et je n'oublierai jamais ce qu'il m'a dit ce jour-là. Il a décroché son téléphone, et il m'a lâché ça d'un trait, sans même prendre la peine de s'annoncer : "Voilà. Je l'ai fait. J'ai renié mes propres paroles et j'ai fait des génuflexions comme n'importe quel enfant de chœur, mais que je sois damné si les juifs sont responsables. Qui donc est responsable d'avoir laissé massacrer tous ces juifs en Allemagne ? Les luthériens et les communistes, sans doute ?" Et aussi sec, il a raccroché. Moi, je riais tellement que j'en avais mal au ventre. Je me disais : "Cramponnez-vous les gars et ne lâchez pas votre crucifix : le Sabatine est de retour parmi nous !" Le père Marrazo se laissa retomber au fond de son fauteuil et secoua la tête. Il parut soudain se ratatiner. Et maintenant... O, Seigneur !

— Quoi, maintenant ?

— D'abord, il a le cancer.

— Oh, c'est affreux, dit Balzic. C'est vraiment affreux.

— Mario, mon ami, il y a encore pire que ça. Pire.

Balzic fronça le sourcil.

— Je ne vois pas ce qui peut arriver de pire.

— O Seigneur, Seigneur, Mario je ne sais comment te le dire. Le prêtre but ce qui lui restait de vin, invita d'un geste Balzic à faire de même, puis il se leva et lui tourna le dos. Quand il lui fit face à nouveau, ses yeux étaient brillants de larmes. Il ne prit pas la peine de les essuyer, renifla deux fois coup sur coup, saisit la bouteille pour remplir les verres et s'assit enfin, ou plutôt se laissa tomber comme une masse sur le fauteuil qui accusa le coup en émettant une sorte de chuintement. La semaine dernière, Mgr Conroy, l'évêque, m'a convoqué pour me demander de former une commission *ad hoc* chargée de vérifier les comptes de la paroisse de St. Jude. Il m'a dit de prendre avec moi Kelly, le prêtre de St. Marry, et Marcellino, celui de St. Francis. Nous devions nous mettre au travail toutes affaires cessantes, après avoir rencontré l'expert-comptable du diocèse. Tout ce que j'ai pu apprendre de Conroy, c'était que nous devions être présents pendant que l'expert-comptable ferait ses vérifications, et que nous devions, avec lui, relever toutes les éventuelles irrégularités. Conroy avait reçu des informations alarmantes – voilà les mots exacts qu'il employait : des informations alarmantes – en provenance de la banque qui avait accordé un prêt pour la construction de St. Jude. Impossible de lui en faire dire plus. J'ai donc appelé Kelly et Marcellino, on a pris Jack Raymond, l'expert-comptable, avec nous, et on est tous partis pour

St. Jude sans s'annoncer – comme Conroy nous l'avait recommandé. Je peux te dire que, dès que j'ai aperçu Sabatine, j'ai eu envie de remonter dans la voiture et de filer en vitesse. Je ne l'avais pas revu depuis environ six mois, et j'ai failli ne pas le reconnaître. La souffrance sur le visage de cet homme… c'était horrible à voir. On comprenait tout de suite qu'il n'avait plus que quelques mois à vivre – et peut-être moins que ça. Il avait tellement maigri qu'en lui serrant la main on avait l'impression d'écraser une poignée d'allumettes. Tu imagines mon embarras. J'ai tourné et viré dans la maison, et j'ai finalement réussi à lui dire pourquoi nous étions venus. Pendant que je m'empêtrais dans mes explications, il ne me quittait pas des yeux. A la fin, il m'a pris la main, il l'a serrée entre les siennes, et il m'a dit : “Anthony, pourquoi est-ce toi qu'il a envoyé ? Il aurait dû se douter que tu en serais bouleversé. Mais il ne faut pas…” Puis il nous a fait signe de le suivre dans son bureau, et il a tendu la main pour nous montrer les livres de comptes. Ils étaient tous alignés, bien en vue, comme s'il nous avait attendus. Je lui ai demandé s'il savait que nous allions venir, et il a dit : “Non, pas forcément vous, mais quelqu'un.” Puis il a dit qu'il était très fatigué et qu'il avait besoin de s'étendre, mais que nous n'aurions qu'à frapper au mur si nous avions quelque chose à lui demander. Comme je te l'ai dit, nous n'avions pas la moindre idée de ce que nous étions censés rechercher. Jack Raymond s'est mis au travail, Kelly et Marcellino se sont plongés dans les registres avec lui, mais moi, je ne voulais même pas y jeter un coup d'œil. J'attendais en faisant les cent pas dans le bureau et en examinant les livres sur ses rayonnages. Il avait une formidable bibliothèque, la bibliothèque d'un homme qui aime vraiment les mots et les idées. La grande classe. Je regardais tous ces livres et je le revoyais, il y a vingt ans, dans cette classe de philo, déchaînant le scandale… Ce n'était pas pour le plaisir du scandale d'ailleurs. Pas du tout. Il aimait l'Eglise, et il la voulait toujours meilleure afin que les hommes eux-mêmes puissent être meilleurs, plus généreux, plus capables d'amour. Et voilà que nous étions chez lui comme chez le dernier des escrocs, à fouiner dans ses registres pour y trouver… C'était absurde. Franchement, un homme comme lui, l'un des plus honnêtes que j'aie jamais connus, l'un des moins attachés à sa carrière – il se trouvait très bien là où il était et se fichait du reste… Il n'avait pas eu un seul mot de rancœur contre l'Eglise quand on l'avait démissionné de sa chaire à la faculté de St. Vincent. Il était capable de se battre comme un tigre pour les idées qu'il défendait, mais quand il avait dû s'effacer, il avait su le faire avec élégance. Même chose, quand on lui avait demandé de faire amende honorable auprès du cardinal de Philadelphie. Il avait renié ses paroles. Puis il était rentré chez lui, toujours persuadé que ses idées étaient justes – non pas qu'il avait raison, lui, mais que ses idées étaient justes. Et on ne l'avait jamais entendu parler d'abandonner l'Eglise, ou de faire quoi que ce soit qui puisse lui porter atteinte à travers sa propre personne. Il n'en était pas capable, tout simplement. Alors, franchement, qu'est-ce qu'on faisait là, chez lui ? Enfin : cet homme n'avait jamais fauté quand il était jeune et en bonne santé. Qu'est-ce qu'il pouvait faire maintenant, alors qu'il était mourant, rongé par le cancer ? Tout ça pour une histoire de prêt bancaire ? C'était absurde. Plus le temps passait, plus je le pensais, et plus je me sentais mal… Le père Marrazo se tut pour boire quelques gorgées de vin. Il avait parlé très vite, et d'une voix assez forte. Il avait le visage congestionné, la sueur ruisselait de son front et s'accumulait sur sa lèvre supérieure. Puis j'ai pensé à St. Jude, reprit-il brusquement. Vous savez dans quel état était cette paroisse, Mario, quand il l'a prise en charge ?

Quand il y est arrivé pratiquement comme un exilé ? Balzic secoua la tête. Il disait la messe dans un garage, Mario. Dans un garage ! Une espèce de hangar ouvert à tous les vents prêté par Megalo, celui qui a une entreprise de transports. Et la paroisse était si petite que si tous les paroissiens venaient assister à l'office en même temps, on pouvait encore y garer un camion ! L'autel était un établi. Tu te rends compte, Mario : un établi ! Au milieu des outils, des bidons, des vieux pneus, des chaînes, des chiffons sales… et un sol couvert de graisse. On a tout vendu pour acheter des bâches qu'on a étalées par terre pour que les gens ne se salissent pas en s'agenouillant. Jusqu'en 1954, il n'a pas eu un rond pour arranger son église. Et encore, ce qu'il a eu ensuite, il a dû le mendier. Dans le diocèse, tout le monde était au courant de cette situation, à commencer par l'évêque. Son premier assistant est arrivé il y a deux ans, quand sa santé a commencé à décliner. Maintenant, il en a deux… mais jusque-là, il a tout fait lui-même… et nous voilà tous les quatre à éplucher ses livres de comptes comme s'il s'agissait d'un voleur ! J'avais envie de vomir. L'idée qu'il eût pu vouloir quoi que ce soit pour lui-même, pour son propre bénéfice, était complètement grotesque. Je l'ai dit. Je l'ai dit à Kelly, à Marcellino et à Raymond. Nous n'avions aucune raison de faire ça, nous n'en avions pas le droit, quoi qu'en dise Conroy. J'avais à peine fini de parler que Raymond a levé le nez de ses livres, et il a dit : “Nous n'en avons peut-être pas le droit, mais nous avons certainement une raison.” Et tu sais ce que Raymond nous a montré ? Il nous a montré qu'au cours des cinq derniers mois, les sommes versées en remboursement du prêt avaient augmenté chaque mois de treize cents dollars. C'était comme ça depuis novembre. On a tous regardé les chiffres et on a bien vu que Raymond n'avait rien inventé. Moi, j'ai dit : “Bon, et alors ? Qu'est-ce qu'il y a de mal à ça ? C'est magnifique !" Mais Raymond a dit : "Le problème, c'est qu'il n'y a pas d'explication. Rien qui indique d'où vient cet argent." Alors j'ai dit : "Au diable les chiffres, à la fin ! D'accord, c'est pas orthodoxe. D'accord, c'est inhabituel. Il a décidé de rembourser deux fois plus vite l'emprunt qu'il avait contracté pour construire son église. Où est le mal ?" Mais Raymond ne voulait pas en démordre. "Tu ne veux pas comprendre", il disait. "Il n'y a aucun moyen là-dedans de savoir d'où vient l'argent." Alors, moi : "C'est vrai, mais qu'est-ce qui nous permet de dire que c'est suspect ?" et lui : "Suspect, c'est toi qui le dis, mon père. Moi, tout ce que je sais, c'est que la banque l'a signalé, et que l'évêque est inquiet." Alors là, je me suis mis à gueuler. C'était trop ridicule, tu comprends. On était venu pour chercher Dieu sait quoi, on avait découvert que Sabatine remboursait son emprunt deux fois plus vite que prévu, et ce comptable de malheur parlait de ça comme s'il venait de démasquer le plus grand escroc de l'Histoire. Je gueulais, et je riais, je riais à me décrocher la mâchoire. Plus je regardais cet expert-comptable de mes fesses avec sa tête de croque-mort, plus je rigolais. Kelly et Marcellino s'y sont mis aussi, et nous voilà tous les trois en train de nous tordre comme… à ce moment, j'ai senti qu'on me touchait le bras. C'était Sabatine. Je ne l'avais même pas entendu arriver, et il avait une tête à faire peur, vraiment. Plus personne ne rigolait. J'ai fini par me calmer moi aussi. Lui – Sabatine – ne me quittait pas des yeux, et il y avait tellement de souffrance dans son regard que ça me faisait mal, je t'assure, et il a dit : "Anthony, la banque a tout à fait raison de s'interroger, et l'évêque d'être inquiet, car il s'agit bel et bien d'une fraude. Tout cet argent, ces treize cents dollars versés chaque mois depuis novembre dernier, a été obtenu par des moyens frauduleux, à mon initiative." Ah, Mario, si tu savais comme je me suis senti mal… Le père Marrazo, enfoncé dans son fauteuil, se couvrit le visage de ses mains et se mit à sangloter très doucement. Merde ! cria-t-il, les épaules agitées de soubresauts.

Balzic se leva d'un bond et contourna rapidement le bureau pour poser ses mains sur les épaules du prêtre.

— Ça va passer, Anthony, dit-il. Ça va passer.

Ils restèrent ainsi quelques minutes, le père Marrazo continuant à sangloter tandis que, debout derrière lui, Balzic lui massait les muscles de la nuque et des épaules. Puis le prêtre se remit à parler, par bribes de phrases entrecoupées d'efforts pour reprendre sa respiration. C'est tellement facile de parler d'orgueil… un vieil homme rongé d'inquiétude parce que… tout d'un coup… il se sent indispensable… tellement facile de dire qu'il a failli par souci du devoir… et uniquement parce qu'il a compris qu'il allait mourir… mais c'est moche, ça, Mario, c'est vraiment trop moche… cet homme vaut bien plus que ça… il a eu peur de laisser son œuvre inachevée… il savait ce qui arriverait, il le savait… mais il ne voulait pas perdre l'espoir… et il n'est pas devenu hautain ou arrogant… il ne faut pas s'y tromper, Mario… perdre patience c'est une chose… se croire irremplaçable, c'en est une autre… Mon Dieu, Sabatine était bien trop intelligent pour ça… il n'avait pas succombé, il avait accepté sa propre défaite… il n'avait renoncé à rien, sauf à lui-même. Mario, le ciel m'est témoin qu'il y a une différence… il a perdu sa perspective, voilà tout, il n'a même pas perdu patience… il ne savait plus où il en était, lui-même – vis-à-vis de lui-même… il n'a détruit que lui-même, Mario, son propre courage… Le père Marrazo n'en finissait pas de craquer, les yeux rougis et bouffis par les pleurs, la salive dégoulinant sur ses doigts. Il jetait des regards impuissants à Balzic sans parvenir à articuler un mot. Balzic continuait à malaxer la nuque du prêtre, s'interrompant pour lui tendre son mouchoir, poursuivant tandis qu'il se mouchait et crachait des glaires, sans cesser de se demander quelle sorte de fraude avait pu commettre Sabatine. Il se demandait aussi s'il valait mieux poser des questions pour aider le père Marrazo à se soulager en parlant, ou se taire, au contraire, pour le laisser décider s'il voulait – ou pouvait – en dire plus. Bientôt, le père Marrazo agita une main et se pencha en avant pour signifier à Balzic qu'il se sentait mieux. Balzic arrêta le massage et refit le tour du bureau pour rejoindre son fauteuil. Je suis navré, Mario.

— De quoi ?

— De ce numéro d'infantilisme.

— D'abord, ce n'était pas un numéro. Et je ne vois pas comment on peut s'excuser d'avoir pleuré pour un ami.

— Merci, murmura le prêtre.

— Allons, mon père, allons. Je vais me sentir gêné si vous continuez. Tenez, reprenez un peu de vin, ça vous fera du bien.

— J'en ai déjà trop bu. C'est mauvais quand on est déprimé. Ça ne fait qu'aggraver les choses.

— Mouais. Et quelquefois, ça les améliore. Allez-y.

— Tu as peut-être raison. Le prêtre saisit son verre et but le peu de vin qu'il contenait encore. Balzic se leva pour remplir leurs deux verres. Quand il se rassit, il avait décidé qu'il ne pousserait pas le père Marrazo à parler. Il en dirait plus s'il voulait en dire plus, mais s'il décidait de se taire, Balzic savait qu'il n'était pas en son pouvoir de le faire changer d'avis. L'homme pouvait aussi se montrer totalement impénétrable. Il avait lâché la bride à ses émotions mais gardait le contrôle de ses pensées. Balzic songea que jamais, jusque-là, le père Marrazo ne lui avait fait la moindre révélation concernant un autre prêtre, ou les hommes d'Eglise en général. Mais cette fois, il avait peut-être été un peu trop fort sur le vin. Mario, je crois que j'en ai assez dit pour ce soir. Je sais que je peux compter sur ta discrétion. Mais tout de même…

— Qu'y a-t-il ?

— Des bruits vont circuler, forcément. Sa gouvernante – je veux dire celle de Sabatine – n'a pas cessé d'entrer et de sortir pendant que nous étions là-bas. On a bien essayé de s'en débarrasser, mais c'est une vraie… bref. Tu la connais, Mrs. Tuzzi. La veuve de Gatano. Je suis certain qu'on va en parler. Si tu entends quelque chose, fais ce que tu pourras pour… oh, zut. Je te fais confiance.

— Inutile d'en dire plus, mon père. Si quelque chose me revient…

— Merci. Le prêtre resta un moment silencieux. Je m'en veux, Mario, de t'avoir infligé tout ça.

— Je vous en prie, Anthony.

— Non, laisse-moi finir. Tu es venu ici, bien sûr, avec une idée en tête. Tu ne viens jamais en passant. Tu as toujours une raison. Je suis désolé, je n'ai pas été capable de t'écouter. Mais c'était impossible. Demain, si tu veux. Mais ce soir, je ne peux pas. Cette histoire, ah, cette histoire m'a vraiment fichu en l'air. Tu vois, je ne peux pas concevoir que Sabatine ait fait une chose pareille. Il faut maintenant que j'essaye d'y voir clair. Je ne peux pas dire n'importe quoi à l'évêque. Je ne comprends pas pourquoi il ne m'a pas encore appelé…

Balzic se leva et vida son verre. Il se sentait soudain fin saoul. Il savait pourtant que l'ivresse ne vient jamais d'un seul coup. Mais il avait été trop absorbé par les discours du prêtre, se dit-il, pour sentir monter les effets de l'alcool. Il lui fallait maintenant se tenir au dossier du fauteuil.

— Ecoutez, dit-il lentement pour ne pas bafouiller, ne me dites rien. Je comprends. Et si je peux faire quoi que ce soit, vous savez que je le ferai.

— Je le sais.

— Eh bien, bonsoir, mon père.

— Bonsoir, Mario. Et merci.

Balzic gara sa voiture le long de la maison et resta immobile une bonne minute après avoir coupé le contact, essayant de comprendre comment il avait pu s'enivrer à ce point. Puis il se rappela toute la bière au bar de Muscotti, le vin qu'il avait bu ensuite avec Dom lui-même dans l'arrière-salle, et celui qu'il avait absorbé, enfin, avec le père Marrazo.

— Merde, dit-il à haute voix, le plus étonnant c'est que je sois encore en vie. Il trébucha en sortant de la voiture, se prit deux fois les pieds dans les marches du perron. Il était en train de fouiller ses poches à la recherche du trousseau de clefs quand la porte s'ouvrit toute grande pour laisser apparaître Marie, sa fille, qui le regardait avec un sourire chargé de malice. Oh, Marie, bon sang ! ne fais pas des trucs pareils.

— Salut, p'pa. Comment va la vie ?

— C'est pas le problème. Tu vas me laisser entrer, ou bien je dois attendre que tu m'aies dit ce que tu veux me dire ?

— Pa, tu es ivre ?

— Je peux entrer ?

— Bien sûr. Elle s'effaça pour laisser s'engouffrer son père qui réussit tout de même à l'embrasser, au passage, sur le sommet de la tête. Puis elle referma la porte et se mit en devoir de lui retirer son imperméable. Balzic commença par résister, puis la laissa faire.

— Est-ce que tu as le vin heureux, ou est-ce que ça te fait dormir ?

— Heureux, certainement pas. Où est ta mère ? Où est ma mère ? Où est ta sœur ?

— La mère et la grand-mère sont dans la cuisine, en grande conversation. Emilie est dans son lit, en train de regarder un film à la télé.

— Ma parole, on ne me dira jamais qu'elle est couchée avec un livre ? Qu'est-ce qu'elle fait devant cette télé toute la journée ? Et au lit, encore ! Je devrais balancer cet engin… Ah…

Marie se tenait devant lui, l'imperméable drapé sur son bras.

— Je ne sais pas ce qu'elle fait, papa. Elle regarde la télé...

— Et toi, qu'est-ce que tu as ce soir ? Je te trouve un drôle d'air.

— Mais rien, papa. Je ne peux pas t'ouvrir la porte et t'aider à retirer ton imperméable sans que tu me demandes ce qui se passe ?

— La dernière fois que tu t'es dérangée pour m'accueillir, ça m'a coûté quarante sacs. Merci tout de même pour ton aide. C'est ta franchise qui me dérange.

— Oh. Papa.

— Papa, mes fesses. Allons, ça va me coûter combien, ce coup-ci ? Et puis non. Ne me dis rien. D'abord, un café. D'accord ?

— Ça peut attendre jusque-là.

— D'accord ? Le café pour commencer. Tu es même autorisée à le préparer pour moi. Ça te fera un deuxième bon point pour ce soir.

Balzic jeta un bras autour des épaules de sa fille et se mit lourdement en marche vers la cuisine. Elle se contorsionna pour lui échapper.

— Attends. Je vais suspendre ton imperméable.

— D'accord. Suspends, suspends donc. Balzic desserra son nœud de cravate et défit le col de sa chemise en ponctuant de longs soupirs chacun de ces gestes. Marie réapparut, se blottit sous son bras et entreprit de le haler jusqu'à la cuisine. Doucement, doucement, on a pu déplacer cette cuisine. Si nous continuons à nous hâter dans la mauvaise direction, nous risquons fort d'y passer deux fois plus de temps !

Elle gloussa.

— Tu sais que tu es rigolo, de temps en temps, quand tu es saoul ? Et surtout quand tu essayes d'avoir l'air sérieux ?

— Oh ! des compliments à double tranchant, déjà. Vas-y, petite, tu n'es pas mauvaise pour le travail au corps. Ça manque encore un peu de finesse mais d'ici un an ou deux, avec un bon entraînement, tu devrais jouer classée. Ils se cognèrent contre le chambranle de la porte du living-room, puis contre le chambranle de la porte de la cuisine. Bonsoir, mesdames, lança Balzic à l'intention de sa femme et de sa mère. Il se sentait terriblement saoul mais espérait que ça ne se voyait ni ne s'entendait pas trop.

— Mario, ça va ? demanda Ruth.

— Ouais, ça va. Avec un petit coup de trop, pour sûr. Mais ça va très bien.

— Eh, fiston, dit sa mère. Tu ferais mieux de t'asseoir pendant que tu es encore debout.

— Dis donc, je ne suis pas si saoul !

Ruth se leva et le prit par le bras pour le conduire à la chaise qu'elle venait d'abandonner.

— Assieds-toi, Mario. Marie, ouvre le robinet. Viens, Mario. Allons, assieds-toi, assieds-toi. Mon Dieu, tes yeux... Il n'y a plus de blanc du tout !

Balzic s'affala dans la chaise qu'elle lui tendait, se frotta énergiquement les yeux avec la paume de ses mains, émit un bâillement sonore, se secoua, s'étira et se retourna d'un bloc pour regarder Marie qui, derrière lui, mettait de l'eau sur le feu et débouchait un flacon de café instantané.

— Alors, c'est quoi que tu veux, Marie ? Tu es venue m'ouvrir la porte – tu entends ça, Ruth ? Elle m'a ouvert la porte ! Elle m'a aidé à retirer mon imperméable ! Comme ça, gen-ti-ment ! Tu peux croire une chose pareille ? Allons, Marie, file-moi les paroles maintenant, je connais si bien la musique !

Marie achevait la préparation du café.

— Seulement dix-neuf dollars quatre-vingt-quinze, papa, dit-elle. C'est pas grand-chose.

— Dix-neuf dollars quatre-vingt-quinze, papa, c'est pas grand-chose ! C'est pour quoi faire, cet argent ? Qu'est-ce qui me vaut l'honneur de me faire escroquer de dix-neuf dollars quatre-vingt-quinze ?

— Un blazer.

— Un quoi ?

— Tu sais bien ce qu'est un blazer, Mar, dit Ruth. Les filles de l'équipe sportive ne reçoivent pas de vestes, comme les garçons. Elles ont donc décidé de s'acheter elles-mêmes des blazers.

— Oh ! attends. C'est trop fort, ça. Marie, tu veux dire que tu as besoin d'une veste pour te rappeler tout le temps que tu passes dans cette piscine ?

— C'est pas le problème, papa, dit Marie en posant la tasse de café devant lui.

— Quel est le problème, alors ? Est-ce que j'ai besoin d'une veste, moi, pour me rappeler que je suis un flic ? Si ça ne tenait qu'à moi, tous les flics seraient en civil, à part ceux qui font la circulation.

— Papa, nous ne sommes pas des flics. Nous sommes une équipe féminine qui porte les couleurs de l'école dans les compétitions. Les garçons ont des dossards *et* des vestes. Nous estimons simplement que nous devrions avoir autant que les garçons.

— Malheur, voilà comment tout commence. L'égalité des droits et les avantages acquis. Il a un bel uniforme, je dois en avoir un moi aussi… à l'étape suivante, tout le monde marche au pas, et après ça on va chercher des bulldozers pour faire de la place dans les cimetières.

— Mario ! dit Ruth. De quoi parles-tu ?

— Oh… de rien. De tout. Je pensais seulement à tous ces cimetières à travers le monde pleins de gens qui voulaient un bel uniforme.

— Allons donc, Mar, tu exagères. Nous parlons de la tenue de l'équipe sportive, et de rien d'autre.

— Bien sûr. Et moi, je parle de la façon dont commencent les choses. Balzic étouffa un bâillement. Blazers, dossards, vestes d'uniforme… Yâaaww… n'en parlons plus.

— C'est simplement une question de justice, Mar. Puisque l'école fournit des vestes aux garçons les filles devraient en avoir aussi.

— Ouais, m'man. Je sais. Je sais. Mais pourquoi me mêler à tout ça ? Si Marie veut sa veste, ou son blazer, peu importe, elle n'a qu'a faire ce qu'il faut pour l'avoir.

— Qu'est-ce que je dois faire, papa ?

— Je ne sais pas moi… comment font les autres mômes ? Ils montent des tombolas – tu peux faire ça, il suffit d'avoir quelque chose à mettre en jeu, une télé, ou n'importe quoi d'autre. Ils vendent des pizzas, des cacahuètes, ils lavent des voitures, ils font des trucs comme ça. Moi, j'aime pas les uniformes, et je trouve que tu as tort d'en vouloir un. Mais je ne suis pas toi. Si tu penses que tu te sentiras différente quand tu seras habillée comme tout le monde, très bien, mais ne me demande pas de t'offrir ça. Et l'argent n'a rien à voir avec ce que je dis, bien entendu.

Il y eut un long silence gêné. Les trois femmes échangeaient des regards. Balzic faisait tourner sa petite cuillère dans son café, le nez sur sa tasse.

Ruth parla la première.

— C'est peut-être une bonne idée, Marie, une tombola.

Marie fronçait les sourcils et se grattait une cheville avec les orteils de son autre pied.

— Eh, fiston, dit Mrs. Balzic mère, avec un grand sourire, à propos de tombolas, devine un peu qui vient de gagner sept cents dollars.

— Qui a gagné… mais j'en sais rien, m'man. Qui ?

— Rose Abbatta. La veuve de Nicolas. Tu te souviens d'elle ?

— Ah oui, oui. Je me souviens très bien d'elle. C'est bien tombé, elle en avait besoin. Elle n'a jamais eu de chance.

— Quand j'y pense… Nicolas poitrinaire et elle, ensuite, toute seule pour élever cette pauvre gamine.

— C'est qui, cette fille ? demanda Marie. Je ne la connais même pas.

— Grand-mère parle d'amis à elle que tu n'as

pas connus, répondit Ruth. Et cette fille, Rosalie, est gravement handicapée.

— Eh oui, elle est née avec des lésions au cerveau, enchaîna Mrs. Balzic mère, elle a besoin d'une surveillance constante. De nos jours, il y a des écoles spécialisées qui les prennent en charge. Mais à l'époque, avoir un enfant attardé était comme un péché. Il fallait avoir offensé Dieu pour qu'il vous punisse de cette façon. Alors, ils ne pouvaient aller nulle part, ils ne pouvaient rien faire sans la petite. Ils ne pouvaient pas la lâcher. Il paraît que maintenant, ils la laissent sortir seule. Rose m'a dit que Nicky lui avait même acheté un vélo.

— Elle a quel âge ? demanda Marie.

— Oh… trente-six ou trente-sept ans.

— Au moins, dit Ruth.

— Elle est mongolienne, ou quoi ? demanda Marie.

— Non, dit Ruth. A la voir, on ne se douterait de rien. Sauf que… physiquement, disons, elle n'est pas très bien. Mais on ne pouvait pas la laisser seule une seconde. Elle a mis deux fois le feu à la maison en jouant avec des allumettes, sa mère n'a jamais eu un moment de tranquillité. En tout cas, jusqu'à ce que le petit Nick soit assez âgé pour s'occuper d'elle.

— C'est ce que j'allais dire, intervint Balzic. Il a vraiment été très bien après la mort du vieux Nick.

— Ah, c'est bien vrai, dit Mrs. Balzic mère. Il a travaillé dur. Ne s'est jamais marié. Toujours aux petits soins pour sa mère et pour sa sœur. C'est un bon garçon.

— Il est toujours à *La Gazette* ?

— Sans doute, dit Ruth. C'est une bonne situation qu'il a là-bas, il n'a aucune raison de s'en aller. Il est… euh… on dit comment, au juste ?

— Linotypiste, dit Balzic en bâillant.

— C'est ça. Il gagne bien sa vie.

— Tout de même, dit Mrs. Balzic mère, il y en

a qui ont une sacrée veine, hein ? Toutes ces dames…

— Quelles dames ?

— Toutes celles qui ont gagné ! D'abord, il y a eu Amelia Motti. Tu t'en souviens, Mario. C'est la veuve d'Alfonso. Puis Flora Ruffola, celle qui était mariée à Amadie – tu la connais, n'est-ce pas, Mario ?

— Non, m'man. Jamais vu cette Flora-là.

— Ah, bon. Et puis aussi, Sophia Cafasso, la veuve de Domenico – tu la connais ?

— Hum-hum.

— Je suis sûre que oui.

— Peut-être, m'man. Mais j'ai du mal à me concentrer pour le moment.

— Bon. Olivia Tuzzi, la veuve de Gatano, a gagné aussi, et maintenant c'est au tour de Rose Abbatta. Mrs. Balzic mère partit d'un grand rire et frappa sur la table du plat de la main. Blague à part, fiston, qu'est-ce que tu dis de ça ? Sept cents sacs d'un coup ! Tu ne crois pas que je pourrais gagner, moi aussi ?

— Ça serait formidable, m'man.

— Au bingo, vous ne vous défendez pas trop mal, remarqua Ruth.

— Ouais. Je ne peux pas dire le contraire. Mais, sept cents sacs ! Ça serait bien !

Balzic sirotait son café en se grattant l'intérieur de la cuisse.

— Eh, m'man, tu as bien dit qu'il y avait Mrs. Tuzzi parmi les gagnantes ?

— Ouais. Pourquoi ?

— Comme ça. Je n'avais pas entendu parler d'elle depuis bien longtemps, mais il me semble que j'entends son nom aujourd'hui pour la deuxième fois. Je n'arrive pas à me souvenir où c'était, mais je me disais…

— Mar, je crois que tu devrais aller dormir, dit Ruth. On a l'impression que tu vas tomber de ta chaise.

— Ah ? Oh, c'est vrai, je ferais mieux de…

écoute un peu, Marie. Dis à tes petites camarades qu'elles aillent d'abord laver des voitures. C'est une autre façon de voir les choses. Mais si tu veux ce blazer, si tu le veux vraiment, je pense que tu devrais le gagner toi-même. Essaye, en tout cas. D'accord ?

Marie vint derrière lui, le prit dans ses bras et posa un baiser sur le sommet de son crâne.

Balzic lui tapota les mains, défit son étreinte pour se mettre debout. Puis il attrapa le bras de Ruth qu'il conduisit directement à la chambre à coucher. Là, il s'abattit sur le lit comme une masse et sans offrir de résistance à Ruth qui lui retirait ses chaussures et ses chaussettes, dégrafait sa ceinture. Elle dû s'escrimer un peu pour le débarrasser ensuite du pantalon et du caleçon, et renonça à le faire asseoir pour retirer la chemise.

Elle n'avait pas franchi la porte que Balzic dormait déjà. Sa dernière pensée consciente avait été pour cette Mrs. Tuzzi dont quelqu'un avait prononcé le nom devant lui ce jour-là. Mais où ? Impossible de s'en souvenir. Devant ses yeux passaient des images d'oriflammes claquant au vent et portant des couleurs d'écoles et de collèges, et d'immenses étendues semées de tombes à perte de vue…

Balzic s'éveilla la tête pleine d'un brouillard persistant, avec l'impression d'avoir voulu avaler des boules de papier crépon la veille au soir, et de ne pas y être complètement parvenu. Il fit glisser ses pieds puis ses jambes hors du lit, et décida de fixer son attention sur le réveille-matin aussi longtemps qu'il le faudrait pour connaître l'heure. Il le fixa donc en bâillant et en se frottant les yeux, incrédule. Il était dix heures vingt.

De la cuisine, lui parvenaient les bruits de quelqu'un occupé à laver une poêle à frire, le crissement du tampon métallique alternant avec les bruits de cataracte de l'évier que l'on vidait.

Il trouva des vêtements propres, les enfila et se rendit à la cuisine, embrassa au passage sa mère penchée sur l'évier avant de prendre l'escalier qui conduisait à la salle de bains. Arrivé à la troisième marche, il s'immobilisa pour demander où était Ruth.

— Chez le coiffeur. Elle vient tout juste de partir.

— Pourquoi m'avoir laissé dormir aussi tard ?

— On a fait ce qu'on a pu pour te réveiller, fiston. D'abord Ruth, puis moi. Impossible.

— Ah. Il reprit son ascension, en s'appuyant au mur. Il commença par se brosser les dents pour chasser le goût du papier crépon, puis resta dix bonnes minutes sous la douche, laissant l'eau brûlante lui frapper la nuque. Il finissait de se raser quand il lui sembla que le brouillard, dans sa tête, commençait à se lever.

En bas, sa mère l'attendait avec du café et un jus de tomate.

— Tu veux des œufs, Mario ?

— Cette histoire, hier... Il y avait quatre dames...

— Cinq.

— D'accord, cinq. Et l'une d'elle est Mrs. Tuzzi ?

— Oui.

— J'essaye de me rappeler où j'ai entendu son nom.

— Comment ça, où tu as entendu son nom ? Tu l'as toujours connue !

— Je sais, m'man. Mais hier, j'ai entendu son nom quelque part, avant de venir ici. Et je n'arrive pas à savoir où.

— Et alors, qu'est-ce que ça peut faire, fiston ? Elle n'a rien commis de mal, j'en suis certaine.

— Ce n'est pas le problème. Je voudrais m'en souvenir, c'est tout.

— Eh bien la prochaine fois, bois un peu moins. Tu verras que ta tête fonctionnera mieux.

— Ah, je t'adore. Il se leva, son café avalé. On ne m'a pas appelé ?

— Non. Moi, j'ai appelé Rose Abbatta pour lui dire à quel point j'étais contente pour elle.

— Tu es contente pour elle ? De quoi ? Qu'est-ce qui lui arrive ?

— Dis donc, fiston, tu étais vraiment cuit, hier au soir. Tu as oublié ça, aussi ? Elle a gagné sept cents dollars !

— Ouais. C'était ça. Bien sûr. Elle doit être heureuse, non ?

— Oh ! elle est très, très heureuse ! Mais je ne lui ai pas demandé ce qu'elle avait l'intention d'en faire, et elle me l'a dit tout de même. Elle va peut-être acheter un nouveau réfrigérateur.

— Un nouveau réfrigérateur ? C'est pas drôle. Elle ferait mieux de s'offrir des vacances. Et puis zut, ça la regarde. C'est son argent. Balzic sortit de la cuisine, puis revint sur ses pas. Dis donc, m'man, je ne sais pas pourquoi, mais cette histoire me tracasse. Cette Mrs. Tuzzi, qu'est-ce qu'elle fait ?

— Le ménage, la cuisine, la lessive…

— Je croyais qu'elle travaillait ?

— C'est son travail. Elle est employée de maison.

— Chez qui ?

— Chez le père Sabatine.

— A St. Jude ?

— Ouais, ouais, à St. Jude. Pourquoi ces questions ?

— Pour rien. Mais je viens de me rappeler où j'avais déjà entendu son nom. Je veux dire, hier. C'est le père Marrazo qui a parlé d'elle. Bon. Voilà un problème réglé.

— Ça y est, tu es content, tu t'en es souvenu ?

Balzic l'embrassa sur la joue.

— Content ou pas content, peu importe. Mais c'est toujours agaçant, de chercher et de ne pas trouver. Il faut que j'y aille maintenant. A tout à l'heure. Si je dois rentrer tard, je préviendrai.

— D'accord, Mario. Sois prudent, tiens-toi bien, et repose-toi un peu.

— Me reposer ? Aujourd'hui ? Pourquoi ?

— Oh, je ne sais pas. C'était une façon de parler.

— D'accord, m'man.

Balzic apprit en arrivant au commissariat qu'il ne s'était rien passé depuis son départ qui ne pût être traité par le sergent de service, Angelo Clemente. Il apprit aussi que le lieutenant Walker Johnson avait laissé un message indiquant que des empreintes n'appartenant ni à Armand ni à Tullio Manditti avaient été relevées sur le chambranle de la porte de leur maison, et qu'elles avaient été transmises au FBI, à Washington. Johnson n'avait pas d'autre information. Balzic se mit à réfléchir, les traits crispés par son effort de concentration.

Il était déjà à la porte quand le téléphone sonna. Clemente répondit et lui fit un signe.

— C'est Eddie Sitko, dit Clemente.

— Qu'est-ce qu'il veut ?

— J'en sais rien. C'est à toi qu'il veut parler.

Balzic prit l'appareil.

— Salut Eddie.

— Bonjour Mario.

— Malheur. Quand tu commences comme ça, “Bonjour Mario”, je sais qu'il y a des pépins dans l'air. Qu'est-ce que tu veux aujourd'hui, Eddie ? Mettre le feu à l'hôpital pour voir si tes hommes sont capables de l'éteindre ?

— Doucement, Mario. Sois gentil avec moi.

— La dernière fois que tu m'as demandé d'être gentil, monsieur le chef des pompiers, c'était pour me prévenir que vous organisiez une simulation avec usage de neige carbonique à deux heures de l'après-midi. Tu t'en souviens ? Au carrefour de Main Street et de Market Street. Tu t'en souviens bien ?

— Plutôt, oui. C'est à ce sujet que je t'appelais, justement.

— Oh, Eddie, ne me dis pas que vous voulez remettre ça.

Balzic avait fermé les yeux et se massait le front.

— Je sais bien, Mario. On a provoqué un vrai bordel la dernière fois…

— Tu l'as dit. La circulation bloquée dans toutes les directions, les gens avec de la mousse jusqu'aux genoux, et de la fumée sortant des téléphones. Tu sais pendant combien de temps j'en ai entendu parler, après ?

— Mario, j'en ai entendu parler bien plus longtemps que toi. Mais ça ne sert à rien de se plaindre. On nous a collé des canons de neige carbonique parce que ces salopards du service des autoroutes ne veulent pas nous donner un accès à la voie 66, et aussi longtemps qu'on autorisera les camions à circuler là-dessus, nous vivrons tous sur un volcan.

— Eddie, qu'est-ce que je peux y faire ? Tu veux que j'écrive à mon député ? Je sais bien de quoi tu parles, et je t'approuve à cent pour cent. Mais est-ce que vous avez absolument besoin du carrefour le plus fréquenté de la ville pour y faire vos exercices ? Moi, je m'entraîne au tir trois fois par semaine, mais pas dans Main Street.

— Mario, on ne va pas recommencer cette discussion.

— Ça ne serait jamais que la centième fois.

— Comprends plutôt que si les types du service des autoroutes ne veulent pas bouger leur cul, moi je dois être prêt, et mes hommes aussi, pour faire face à toute éventualité.

Balzic soupira.

— Donc, tu vas vraiment le faire ?

— Bien sûr que je vais le faire. Mais cette fois, je ne préviendrai personne à part toi. Je n'en parle même pas à mes gars. Je vais faire appeler par ma femme pour déclencher l'alerte, et tout le monde croira que ce coup-ci, c'est pour de bon.

— Oh, Eddie, tu ne vas pas me faire ça !

— Je n'ai pas le choix, Mario. Il faut en passer par là. Je veux simplement que tu me promettes de ne pas en parler à tes collaborateurs.

— Eddie, pour l'amour du ciel, je suis déjà en plein dans une histoire compliquée. Je ne peux pas prendre le temps, en plus, d'aller commander les gens qui sont censés commander la circulation.

— Mario, on ne peut pas se dispenser de cet exercice.

— Ecoute, Eddie, je sais bien que je ne suis pas toujours facile à fréquenter. Mais si je t'emmerde aussi souvent, c'est parce que je ne voudrais pas que tu te mettes à croire tout ce qu'on écrit sur toi dans les journaux. J'ai du respect pour toi. J'estime que tu es un pompier hors pair. Je ne connais personne d'aussi gonflé que toi. Je t'ai vu faire des choses qu'on n'oserait même pas montrer au cinéma parce que les gens refuseraient d'y croire. Mais je t'en prie, rends-moi ce service, attends encore un peu. Je ne plaisante pas Eddie, je suis embarqué sur une histoire dont je ne sais pas où elle me mènera, et qui pourrait bien être une sale histoire.

Il y eut un silence à l'autre bout du fil.

— C'est si grave que ça ? demanda enfin Eddie Sitko.

— Je ne sais pas. J'ai un mauvais pressentiment. Attends un peu pour cet exercice, tu veux bien ? Je te promets que dès que j'en serai sorti, tu pourras faire toutes les simulations que tu voudras et balancer de la neige carbonique à quatre heures et demie, à huit heures du matin, à midi devant St. Malachy si ça te chante. Tu pourras organiser des catastrophes jusqu'à ce que ta propre baraque s'écroule, et je t'autoriserai à me verser une bouteille de ketchup sur la tête pour me déguiser en victime. Mais pas tout de suite, d'accord ?

— D'accord, Mario, d'accord. Je vais différer l'opération. Mais on n'attendra pas très longtemps.

— Eddie, comment te remercier ? J'espère que tu sauveras une veuve cette nuit, et qu'elle sera éperdue de reconnaissance. Balzic raccrocha et laissa échapper un long soupir. Seigneur, je pourrais aussi bien vendre des bagnoles d'occasion. Quel comédien je fais. Quel bouffon.

— C'est à moi que tu parles ? demanda Clemente.

— Euh ? Non. Je me parlais à moi-même… Bon, je file chez Muscotti. Je vais voir quelqu'un là-bas pour continuer mon sale boulot.

— Qui ?

— Je n'en sais rien.

— Mais alors, comment peux-tu…

— Angelo, quand je saurai ce que je fais, je te préviendrai – d'accord ? D'ici là, garde bien la boutique. Il y a au moins sept dollars dans la boîte à café.

— Excuses. J'aurais mieux fait de la boucler.

— Angelo, ma parole, est-ce que tu vieillirais ? Je ne te reconnais plus. Il n'y a pas si longtemps, tu ne te gênais pas pour m'envoyer balader quand j'essayais de prendre mes grands airs. Et voilà que tu t'excuses. Qu'est-ce que tu as ? Si tu es toujours dans la police, c'est pour quoi faire ? Est-ce que tu deviendrais sénile, à faire le flic ?

— Ça va, laisse tomber. Tu as tes problèmes, et j'ai les miens.

— Voilà qui est mieux. Le Clemente que nous connaissons tous, et que nous aimons. A plus tard, Ange. S'il y a quoi que ce soit, on peut me joindre chez Muscotti.

Il était midi moins cinq quand Balzic pénétra dans l'établissement de Muscotti à la suite d'un sténotypiste accrédité par le tribunal et de deux représentants du shérif. Le bar était plein à craquer de gens occupés à manger ou à faire la queue pour acheter l'un des fameux sandwiches à la saucisse confectionnés par Vinnie. La saucisse elle-même était préparée par son oncle Lou. Vinnie se contentait de la faire griller, puis de mélanger sauce tomate, tomates entières, piments doux, oignons, thym et origan pour faire la sauce, et laisser ensuite se dérouler "l'histoire d'amour entre la sauce et la saucisse".

Comme l'oncle Lou ne faisait jamais les saucisses à heure fixe, les sandwiches de Vinnie pouvaient arriver à tout moment. Mais la nouvelle s'en répandait très vite. Moins d'une demi-heure après l'annonce par Vinnie que la saucisse était prête – autrement dit qu'elle avait fait l'amour avec la sauce – les sandwiches étaient tous partis.

Le nombre de sandwiches variait sans cesse, l'oncle Lou ne livrant jamais la même quantité. Tel jour, on le voyait en apporter huit livres. Puis il disparaissait trois ou quatre jours et réapparaissait avec une dizaine. Il se passait parfois deux semaines sans qu'on le voie, puis il arrivait les mains vides et saoul comme une barrique et se mettait à chanter de sa voix haut perchée et chevrotante des succès des années vingt, jusqu'au moment où Vinnie se décidait à appeler un taxi et l'invitait gentiment à rentrer chez lui.

A ceux qui s'étonnaient de cette distribution aléatoire des saucisses, Vinnie répondait le plus souvent : "Mon oncle ne fait pas que des saucisses, il fait aussi du vin. Il lui arrive de descendre à la cave pour faire les saucisses, de goûter le vin au passage et d'oublier pourquoi il est venu là. Il fait des saucisses quand il en a envie. Le reste du temps, il reste assis dans sa cave à boire et à se rappeler des souvenirs du pays. J'espère que quand j'aurai soixante-seize ans, moi aussi, je serai capable de m'en sortir aussi bien que lui, en buvant et en mangeant – et sans me frapper pour le boulot…

Balzic n'était pas venu pour les saucisses, mais dans l'espoir de rencontrer la petite amie supposée de Muscotti et, s'il l'interrogeait habilement, de savoir si elle n'offrait à Muscotti, comme le prétendait Valcanas, qu'une oreille compatissante. Il n'avait pas la moindre idée de la façon dont il allait s'y prendre avec elle. Il n'avait même pas un prétexte décent pour l'aborder. Mais il était certain qu'elle pouvait lui apprendre quelque chose. Pourtant, la femme à laquelle il ne cessait de penser était Gina Muscotti. Elle hantait son esprit comme, il le savait, elle devait hanter celui de son mari.

Gina Muscotti était grand-mère. Elle avait les cheveux blancs, le teint clair, une silhouette frêle, une tête à tourner des spots télévisés pour la cire à parquets ou les sauces toutes préparées, mais un cœur de catholique et une âme d'Italienne. Son mari ne s'en sortirait qu'avec l'aide de Dieu si elle venait à apprendre qu'il traitait une femme différemment de ses autres employées. Balzic haussa les épaules. Il venait de se dire que, décidément, donner à une femme de l'alcool et vingt dollars par jour n'était pas du genre de Muscotti.

Le bar retentissait du joyeux vacarme d'une foule occupée à boire et à manger. Un chauffeur de camion qui venait de toucher le gros paquet pour une mise de cinquante cents offrait à boire à la cantonade.

Balzic réussit à se caser au comptoir, près de l'entrée principale, et attendit seul, cinq bonnes minutes, que Vinnie s'approche pour prendre sa commande.

— Puisque je suis là, donne-moi donc un de tes sandwiches à la saucisse.

— Oh, Mario, Dieu m'est témoin, je viens de servir le dernier au type qui est assis près du radiateur. Je n'en avais pas beaucoup aujourd'hui.

— Alors, donne-moi une bière. Attends, ne te sauve pas. Dis-moi si la petite amie du Toscan est ici.

— La… qui ? Ah… Vinnie le regardait en roulant des yeux. A l'autre bout du comptoir. Vous prendrez votre bière ici ?

— Bien sûr. Balzic poussa vingt-cinq cents en direction de Vinnie en jetant un coup d'œil vers l'autre extrémité du comptoir. Il n'avait aperçu qu'une femme, la trentaine, avec des cheveux auburn, raides, et pas de maquillage. Elle portait une veste de daim défraîchie sur un tee-shirt blanc. Comme Vinnie posait la bière devant lui et prenait la pièce, Balzic demanda : Celle qui est debout toute seule, là-bas ?

— C'est elle, répondit Vinnie, qui savait parler sans bouger les lèvres.

— Tu te fous de ma gueule. Elle était assistante sociale à la Maison des Jeunes. Elle travaillait avec la fille de Dom, Louise.

— Gagné.

— Seigneur. Elle est mariée. Elle a trois gosses.

— Perdu, dit Vinnie. Elle a deux gosses, et elle n'est plus mariée. Et elle ne travaille plus à la Maison des Jeunes.

— Ça alors. Elle venait tout le temps avec la môme Muscotti. Personne ne faisait attention à elle. J'ai mis longtemps à remarquer sa présence. Quand j'y pense, c'est vrai qu'on ne l'a pas vue là-bas depuis un bon bout de temps.

— C'est ce que je vous dis.

— Ça alors… Je n'arrive pas à y croire. Elle était complètement dévouée, du genre à emmener des enfants chez elle et tout ça. Qu'est-ce qu'elle lui veut, au Toscan ? Elle cherche à sauver son âme ?

— Mario, je ne sais pas ce qu'elle cherche. Je sais seulement ce qu'elle fait. Elle siffle des bières et du bourbon à longueur de journée et quand elle s'en va, l'ardoise n'est jamais à moins de vingt dollars. Si vous voulez savoir ce qu'elle cherche, allez le lui demander. Moi, je voudrais bien qu'elle en pince pour moi, ou pour vous, ou pour Iron City Steve, ou pour n'importe qui d'autre. Mais si elle continue avec Dom, je suis bon pour l'ulcère à l'estomac ! Vinnie s'éloigna de quelques pas avant de revenir sur une brusque volte-face. Vous savez où elle était, pendant tout ce temps où on ne la voyait plus dans le coin ? Balzic secoua la tête. A Mamont hé, hé, oui ! La ferme des cinglés ! Elle est partie du jour au lendemain, il y a six mois. Et elle est restée six mois là-bas. Je ne sais pas si ça vous avancera à quelque chose de savoir ça, mais je préfère vous le dire, vu que de temps en temps elle est bizarre – pour le cas où vous auriez vraiment l'intention de lui parler.

— Je ne sais toujours pas où je vais, Vinnie, dit Balzic. Mais, merci pour les informations. Il but sa bière à petites gorgées puis contempla son verre vide. L'hôpital de Mamont. Six mois à la ferme et vingt consommations par jour – bravo pour le deuxième banquier du comté et pour son impuissance proclamée depuis des années. Cent vingt dollars par semaine, plus tout l'alcool qu'elle pouvait avaler – en échange de quoi ? De sympathie ? Après tout, se dit Balzic, c'est peut-être une de celles qui guérissent par la foi ? Mais si elle avait vraiment une solution à ce genre de problème elle remplirait des stades plus facilement que Billy Graham.

Balzic, tout en réfléchissant, l'avait fixée des yeux, et quand il en prit conscience, ce fut pour constater qu'elle répondait à son regard. Elle ne semblait ni hostile, ni gênée. Plutôt une curiosité amusée. Il détourna la tête en se grattant la nuque avec ostentation. Puis il tourna carrément le dos et prit une longue gorgée de bière. Il avait d'abord cherché une idée d'entrée en matière, mais il en était maintenant à se demander de quel droit il prétendait aborder cette fille et lui poser des questions. Il s'agissait d'une affaire privée, se disait-il. Mais, ajoutait-il aussitôt, il pouvait en sortir le pire, ce que Muscotti redoutait tellement. Et avec Muscotti, quelques personnes – un grand nombre – avaient de bonnes raisons de commencer à trembler. Mais c'était tout de même une affaire privée. C'est une chose de répondre à l'appel d'un voisin pour mettre fin à une querelle de famille avant qu'elle ne tourne en bagarre, c'en est une autre de s'inviter au beau milieu d'une querelle de famille qui n'a pas encore éclaté – même si elle risque, en éclatant, d'éclabousser jusqu'au bureau de l'attorney general. “Oh, merde, marmonna-t-il pour lui-même. Personne ne sait seulement ce que Gina Muscotti a en tête. Tout ce qu'elle a fait, c'est d'appeler Vinnie au bar pour lui demander comment marchaient les affaires. Mais de qui je me moque ? Elle n'appelle jamais Vinnie ! Elle se doute de quelque chose. Elle sait...”

Balzic se sentit frôlé par quelqu'un qui passait derrière lui, puis entendit qu'on tirait un tabouret pour le rapprocher du sien.

— Salut, chef, dit une voix aimable. Il fit volte-face en avalant une gorgée de bière, et faillit s'étrangler. C'était elle. Il toussa, ouvrit toute grande sa bouche pour retrouver sa respiration avec l'impression que ses yeux lui sortaient de la tête. Doucement, dit-elle en lui tapotant le dos tandis qu'il se courbait en deux au-dessus du comptoir, secoué par la quinte. Ne vous faites pas mal, ajouta-t-elle en riant. Si j'avais su que j'allais provoquer un tel cataclysme, je ne serais pas venue !

— Ça va, dit Balzic. J'ai avalé de travers, c'est tout. Ce n'est pas de votre faute.

— Ne mentez pas, chef. Je vous ai vu me regarder.

— Vous m'avez vu ? Ah ! c'est donc vrai.

— Franchement... vous ! tout le monde me regarde depuis quelque temps. Il y a de quoi redevenir folle.

— Redevenir ?

— Oh, chef, arrêtez les frais. Vinnie vient de vous le dire, je l'ai vu.

— Vous avez vu Vinnie me dire *quoi* ?

— Que j'étais échappée du zoo depuis deux mois.

— Vous pouviez entendre ça, de là où vous étiez ?

— Je n'ai pas dit que je l'avais entendu, j'ai dit que je l'avais vu.

— Vous pouviez le voir ? Elle hocha la tête. Vous avez appris à lire sur les lèvres ?

— Non. Mais j'ai vu l'échange entre vous. J'ai senti les vibrations. J'ai perçu les auras.

— Les quoi ?

— Les auras. Vous ne saviez pas que les gens dégagent du courant électrique ?

— Je sais que nous avons pas mal d'électricité en nous. Je ne comprends pas vraiment…

— Eh bien, peu importe. Mais certains définissent l'aura comme un courant d'air provoqué par une décharge d'électricité. Quand les gens libèrent leur électricité, l'air est perturbé autour d'eux, et des couleurs apparaissent. Vous avez déjà vu des portraits de saints ?

— Ma foi, oui, bien sûr.

— Et bien, pourquoi croyez-vous que les peintres leurs mettent une aura ? Vous croyez que c'est une pure invention de l'Eglise ? Pour montrer aux gens que les saints ne sont pas comme tout le monde ? Je ne dirai pas le contraire, bien sûr, mais savez-vous qu'il y a très longtemps, avant que les peintres ne se mettent au service exclusif de l'Eglise, ils peignaient tout le monde de cette façon-là ? Pas seulement les saints et les martyrs, mais tout le monde ? Parce que, voyez-vous, il y a très longtemps, les gens croyaient que chacun d'entre nous en avait une.

— Vous avez peut-être raison, dit Balzic. Je ne suis pas assez savant pour en discuter.

— Oh, il n'y a pas à discuter. C'est la vérité. C'est même ce qui m'a guérie quand ma tête partait dans tous les sens. Je voyais tout le temps des auras au-dessus des gens. Puis j'ai découvert que c'était prouvé historiquement, que d'autres y avaient cru avant moi. Sans cette découverte, je serais encore au zoo, à laver le derrière des vieilles dames et à essuyer leurs vomissures du matin au soir.

— C'est grâce à ça que vous en êtes sortie, que vous avez remis votre tête d'aplomb ?

— Absolument. J'ai compris que ce qui était vrai il y a très longtemps l'était encore aujourd'hui, et que je n'avais pas des visions. Enfin, j'avais des visions, mais...

— Là, je ne vous suis plus. Les gens ont cru longtemps que la terre était plate, mais le fait qu'ils y croient n'en a pas fait une vérité. Nous savons que la terre n'est pas plate.

— Bien sûr, que la terre n'est pas plate. Enfin, nous le savons à cause de la science. Mais c'est la science, aussi, qui a chassé cette idée que les gens ont une aura. Ce n'était pas quelque chose de scientifique, voyez-vous. Personne ne pouvait rien mesurer, et quand vous ne pouvez pas mesurer un phénomène, c'est qu'il n'est pas scientifiquement digne d'attention.

Balzic haussa les épaules.

— Sans doute. Jusqu'à un certain point.

— Bien sûr ! s'écria-t-elle en riant, et brusquement, elle plaça ses mains dans le dos de Balzic, les paumes bien à plat et les pouces se touchant. Elle les y maintint deux ou trois secondes. Elle avait la tête un peu renversée, les yeux brillants, les lèvres entrouvertes. N'ayez pas peur, dit-elle après avoir retiré ses mains.

— J'ai peur ?

— Oh, oui. Vous pensez que je vais vous dire quelque chose de destructeur. Et c'est ce que je vais faire, d'une certaine façon. Parce que, voyez-vous, on ne peut rien dire de constructif à quelqu'un si on ne lui dit pas en même temps quelque chose de destructeur. Les deux vont ensemble comme le noir et le blanc. Mais tant qu'on n'a pas compris ça, on a peur. Tout le monde est ainsi.

— D'accord, je veux bien jouer le jeu, dit Balzic. Qu'est-ce que vous pouvez bien détruire chez moi, à votre avis ?

— Quoi ? Vos idées, bien sûr.

— Quelles idées, par exemple ?

— Par exemple, celle que vous aviez pendant que vous me regardiez avec ce beau visage impénétrable qui dit : “Eh, les gars, je suis un dur. On ne me la fait pas.”

— Et vous avez vu que j'avais peur en voyant – euh, mon aura, c'est bien ça ?

— J'ai senti la peur dans votre épine dorsale.

— Ah.

— Ah ? C'est tout ce que vous dites ? Vous n'êtes pas obligé d'être réservé ni poli ! Vous pouvez vous moquer de moi, ou discuter si vous n'êtes pas d'accord. Vous pouvez tout vous permettre avec moi, tant que vous ne jouez pas les bons Américains.

Balzic se mit à rire.

— C'est pas facile.

— Vous n'avez pas idée de ce que ça peut être dur. Un être humain sur trois est américain. Tout ce qui croit que le temps est une ligne qui va de gauche à droite et peut se compter de un à dix est américain. Et vous le croyez vous-même. C'est pratiquement inscrit dans vos gènes. Et vous savez ce qu'il y a de pire, dans tout ça ? Ces salauds de psychiatres, enfermés dans leur petit univers, de gauche à droite et de un à dix ! Ils ont failli m'avoir, savez-vous ? Pour un peu, je me serais laissée convaincre ! Mais quand j'ai essayé de discuter avec eux, quand je leur ai parlé du temps qui serait comme une orbite et une révolution, un cercle sans fin et sans commencement, ils m'ont mis dans une chambre tapissée de caoutchouc et ils m'ont droguée à mort.

— Ils vous ont droguée ? Les psychiatres ?

— Bien sûr. Quelle différence entre l'héroïne et la thorozine ? C'est tout de la chimie. C'est tout de la dope. Tout ce qui vous enlève le désir de savoir qui vous êtes est de la dope.

— Et, euh, et l'alcool, là-dedans ? Je veux dire, dans votre verre, là, c'est quoi ?

— Ah, c'est méchant, ça. Vous cherchez la contradiction ! dit-elle en riant et en lui effleurant le dos une nouvelle fois avec la paume de sa main. Le fait que je prenne de la drogue dans un verre ne signifie pas que j'ignore ce que je fais et pourquoi je le fais.

— Pourquoi ?

— Je vous trouve bien sérieux ! Tout ce qui émane de vous ressemble à une peinture de Rembrandt, tout en bruns foncés. S'il vivait encore aujourd'hui, il vous inviterait certainement à poser pour lui.

— Oui. Donc, l'alcool, c'est pour quoi ? Les auras et tout le reste, c'est très bien. Mais n'en parlons plus. Pourquoi prenez-vous de la drogue dans un verre ?

Elle tendit lentement la main pour toucher la joue de Balzic avec le dos de l'index.

— Vous promettez de ne pas m'arrêter ?

— Soyons sérieux, vous voulez bien ? dit Balzic avec un petit rire.

— Non. Je serai sincère, pas sérieuse. Mais vous, il faut promettre.

— Que je ne vous arrêterai pas ?

— Oui. Absolument.

— Bien. Je le promets. Balzic sourit. Son regard croisa celui de Vinnie, à qui il fit signe de les resservir.

Elle resta silencieuse tandis que Vinnie s'exécutait, ce qu'il fit sans leur adresser un mot. Puis il prit le billet que lui tendait Balzic, rendit la monnaie et s'éloigna.

— Vous avez vu comme il perçoit bien les auras ? dit-elle.

— Qui ? Vinnie ? Je ne sais pas si c'est en rapport avec les auras, mais il comprend bien les choses et les gens.

— Oh, il n'avouera jamais, dit-elle.

— Bon, et maintenant que j'ai promis de ne pas vous coffrer – comment vous appelez-vous, à propos ?

— Oh, mon nom, mon nom… On discutait bien tous les deux, et vous voulez tout gâcher avec un fait, dit-elle avec une grimace. Du coup, je me demande si je dois vous dire pourquoi je prends de la drogue en bouteille. Bien que je l'aie promis. Elle pressa le dos de sa main contre son front et s'administra quelques petites tapes avec l'air de réfléchir. D'accord. Je m'appelle Mila Sanders Rizzo. Vous vous sentez mieux maintenant ? Ou bien voulez-vous une fiche d'identité complète : date et lieu de naissance, statut conjugal, numéro de sécurité sociale, numéro de téléphone, adresse ? Pourquoi faut-il que toute conversation débute par un interrogatoire, comme si rien ne pouvait se faire en dehors de la Convention de Genève… Ah, comme je déteste tout ça ! Quand je parle avec Dom, il me demande où sont mes enfants, qui s'occupe d'eux, si c'est une personne de confiance, à quelle heure il faudra que j'aille les chercher.

— Bref, je dois vous appeler comment ?

— Je m'en fiche. Appelez-moi yoo-hoo, mais quand vous le prononcez, pensez que ça s'écrit y-o-u-who. Pensez-y comme au diminutif de mon vrai nom qui serait you-who-are*.

— Il y a des majuscules quelque part ?

— Oh, ciel ! gronda-t-elle, vous ne renoncez donc jamais, vous, les Américains ? Mettez-en où ça vous plaira, je m'en contrefous.

Ils s'étaient mis à rire ensemble. Elle se calma pour prendre une gorgée de bourbon, aussitôt suivie par une gorgée de bière.

— Allons, dit Balzic. Je veux savoir pourquoi vous prenez de la drogue en bouteille.

— Entendu, mais n'oubliez pas votre promesse.

— Je ne l'oublie pas.

— Disons que j'ai un certain nombre de bonnes raisons d'être accrochée. L'une d'elles, la première à mon avis, est que mon père tenait un bar.

— Et alors ? Il y a un tas de gens qui tiennent des bars et qui ont des enfants ?

— C'est vrai. Mais… voyez-vous… moi, j'essaie de mettre les choses en ordre dans ma tête. Il faut que je sache d'où je viens, je veux dire,

* Littéralement : qui-vous-êtes.

qui j'étais, avant d'être ce que je suis. C'est tout un chemin qu'il me faut faire, vous comprenez ? Je dois absolument savoir qui j'étais avant si je veux savoir qui je suis aujourd'hui.

Balzic l'écoutait en se grattant le menton.

— Et c'est comme ça que vous espérez y arriver ? En prenant de la drogue en bouteille ?

— Il n'y a pas de meilleur endroit pour retourner en enfance ! Regardez : on est comme dans un ventre, ici. Il suffit d'imaginer des tétines en caoutchouc sur tous ces verres, et le tour est joué ! Ensuite, pendant la journée, quand je discute avec Dom, c'est le temps de l'adolescence et de la puberté… Et plus tard encore, le soir, quand tout le monde est parti et que je me retrouve seule avec Dom, alors je suis presque moi-même – moi-même à l'instant présent. Et quand je lui taille une pipe, c'est tout ça à la fois, c'est…

— Quand vous lui… quoi ?

— Vous avez très bien entendu. Ne jouez pas les innocents. Ne me dites pas que vous ne savez pas de quoi je veux parler.

— Oh, je vois très bien, dit Balzic en sentant qu'il rougissait. Simplement, je n'avais jamais entendu dire ces choses-là d'une manière aussi directe. Enfin, ce n'est pas ça non plus. Disons que vous m'avez surpris.

— Puisque tout le monde est au courant, pourquoi le cacher ?

— Euh… Ecoutez. Vous… vous feriez peut-être mieux de ne pas parler de tout ça. C'est… enfin, c'est très personnel, vous ne croyez pas ?

— Seigneur, mais tout est personnel ! Parler du temps qu'il fait, c'est personnel. Quelqu'un demande : "Vous pensez qu'il va pleuvoir ?" Qu'est-ce qu'ils disent vraiment ? Ils font avec leur bouche des bruits qui disent : "Mais oui, je suis inoffensif, nous pouvons parler ensemble." Si ce n'est pas personnel, qu'est-ce qui le sera ? D'ailleurs, vous mentez quand vous dites que vous ne voulez pas que je vous parle de ça. Parce que c'est justement de ça que vous avez envie d'entendre parler. Vous croyez que je ne le sais pas ? Pourquoi être venu ici trouver Vinnie et lui parler de moi, sinon parce que vous vouliez savoir ce qui se passait ?

Elle parlait à mots rapides mais calmement, et on aurait cherché en vain sur son visage la moindre trace d'irritation.

— Eh bien, euh... Vous m'avez bien eu, dit Balzic.

— C'est vrai. Mais je ne cherchais pas à vous avoir. Je voudrais simplement que vous soyez aussi sincère et honnête avec moi que je le suis avec vous. Est-ce que c'est trop demander ?

— Non.

— Bon. Dans ce cas, si vous vous calmiez un peu ? Si votre intention est de régler cette affaire, vous avez intérêt à en savoir le plus possible... non ?

— Qu'est-ce qui vous fait croire que je veux me mêler de quoi que ce soit ?

— Allons. Ne vous moquez pas de moi. Vous êtes le chef de la police. Dom... vous savez mieux que moi qui est Dom. Tout le monde connaît sa femme. Et tout le monde, vous et Dom compris, fait dans sa culotte à l'idée qu'elle pourrait tout apprendre et se venger méchamment. Tout ça parce que je me sers de lui pour grandir un peu. Tout le monde s'imagine qu'il se sert de moi pour prouver qu'il est toujours un homme. Mais c'est faux. Je me sers cent fois plus de lui qu'il ne se sert de moi, quoi qu'il en pense lui-même. Tout cet argent qu'il me donne, vous croyez que je le lui ai demandé ? Il veut m'impressionner, et moi je le laisse faire, puisque c'est sa seule façon d'exister à ses propres yeux. Mais son argent, je n'en veux pas. Je n'en ai pas dépensé un cent, tout est à la banque. S'il a le moindre regret de me l'avoir donné, qu'il me le dise, et il ne mettra pas longtemps à le récupérer. Un mot suffira. N'en faisons pas une affaire.

— Euh... si on prenait un autre verre ? demanda Balzic. Je suis un peu gêné...

— Combien de fois faudra-t-il vous le répéter ? Je suis là où ma tête est. Dans l'instant présent. J'ai besoin de savoir ce que je fais, et je me sers de Dom pour y arriver. Parce que mon père tenait un bistrot. Parce que...

— Qu'est-ce qui est arrivé à votre père ?

— Rien. Il est toujours vivant et il pète de santé. Mais il ne peut rien pour moi, c'est tout. Il ne sait que porter des jugements en fonction de ce que je suis censée être. Il ne me laissera jamais être simplement moi-même – en admettant que j'arrive à savoir qui je suis. Mais si jamais je m'en sors, si je parviens à recoller tous les morceaux, alors il me faudra un substitut. Même les psychiatres, cette vermine, connaissent ce phénomène. C'est eux qui m'en ont parlé. Alors, sous prétexte que je le comprends... non. Sous prétexte que je le fais pour de bon, tout le monde s'affole. Il n'y a pourtant pas de quoi.

— Même si la femme de Dom n'est pas de cet avis ? Elle peut se dire que ce qui se passe entre vous est exactement ce pourquoi les épouses s'affolent habituellement. Un adultère.

— Oh, voyons ! Est-ce qu'elle n'est pas la première à savoir que son mari n'en est pas capable ? Je vous l'ai dit, lui tailler une pipe, c'est comme de téter au lieu de se piquer, c'est comme de boire de la bière avec une tétine ! Il ne bande pas. Il ne peut pas ! Et quand c'est fini, mon Dieu, chaque fois, il pleure.

Balzic secoua la tête et soupira.

— Réfléchissez une seconde. Vous ne voyez donc pas qu'aux yeux de sa femme, ça risque d'être du pareil au même ?

— Ma foi, c'est son affaire. J'ai déjà assez de mes propres problèmes, je ne vais pas m'occuper des siens.

— Bien. C'est comme vous voudrez. Mais qui va s'en mêler, alors, avant que les choses se gâtent ? Moi ?

— Je ne croyais pas parler d'autre chose depuis le début. C'est bien ce que vous voulez, non, vous en mêler ? Protéger tout le monde contre tout le monde ? Ou alors, c'est que vous dégagez des auras sans queue ni tête.

— Seigneur, nous y revoilà, dit Balzic. Vinnie ! Eh, Vinnie, deux autres, s'il te plaît.

Vinnie s'approcha en souriant finement.

— Comment ça va, Mario ? Tout se passe bien ? Et toi, petite ? Ça va ?

— Ça va, dit Mila. Mais je suis un peu inquiète pour le chef. Il n'est pas clair dans sa tête. Et tout autour, c'est gris.

Balzic ouvrait la bouche pour parler quand il sentit qu'on lui touchait l'épaule gauche. Il fit pivoter son tabouret pour se trouver face à face avec Brownie Cercone. Un Brownie Cercone sombre et renfrogné.

— On a des problèmes, annonça Cercone. Venez avec moi. Balzic le suivit à l'autre bout du bar. Ecoutez, Balzic, moi, je ne voulais pas m'en mêler. Je tenais à vous le dire.

— Te mêler ? Tu parles de quoi ?

— A votre avis, vous avez parlé de quoi, vous, toute la journée ?

— Avec Dom ?

— Bien sûr, avec Dom. Pourquoi ? Vous pensiez à ce foutu curé ?

— Bon, accouche. Quel est le problème ?

— Dom a fait ce que vous lui aviez demandé. Il m'a collé sur Tullio, là-bas, à la décharge.

— Et alors ?

— Il a filé. Je l'ai perdu.

— Comment ? A la décharge ? Il ne pouvait pas filer !

— Parlez moins fort, bon Dieu. Laissez-moi vous expliquer. Brownie ne cessait de lancer des regards par-dessus l'épaule de Balzic. Il m'a dit qu'il voulait chier. Moi, je l'ai pas lâché de la journée depuis le moment où il s'est réveillé ce matin, mais je vais quand même pas aller sur le trou avec lui. Bon Dieu, je pue déjà assez, avec cette saloperie de décharge, ça me colle à la peau…

— Avance. Qu'est-ce qui s'est passé ?

— Donc, il va chier. Moi j'attends devant la porte. Et j'attends, et j'attends. Au bout de dix minutes, je l'appelle : "Eh, c'est le cœur qui lâche, ou c'est que tu te branles, là-dedans ?" Pas de réponse. J'ouvre, plus personne. Vous saviez quoi ? Il y avait une autre porte donnant directement sur l'extérieur, pour qu'on puisse aller aux chiottes sans traverser le bureau. Je cavale partout à sa recherche, et un des piqueurs me dit que ce gros cul est monté sur la benne d'un camion qui repartait.

— Quel camion ?

— Allez savoir. Quand je vous dis qu'on a des ennuis, vous croyez que je blague ? Vous croyez que j'ai pas commencé par poser cette question moi aussi ? Un seul type a vu repartir le camion et ce type-là, il débarque. Il ne sait pas lire l'anglais. Alors, des putains de numéros sur un putain de camion… Entre deux camions, il ne voit même pas de différence.

— Merde. Dom est au courant ?

— Non. Pas encore réussi à le joindre.

— J'ai idée que tu vas te faire sonner les cloches, Brownie.

— Pas la peine de me le dire, je le sais. Et je sais que j'ai intérêt à garer mes fesses quand il va l'apprendre. Brownie fit une grimace qui lui plissait tout le visage, et émit un petit sifflement. Vous savez, hier encore, toute cette histoire, pour moi, c'était beaucoup de bruit pour rien. Mais après une journée avec ce gros cul, je commence à me dire qu'il est capable de nous en faire de belles. Et je vous le dis, Balzic, les deux baleines étaient toutes seules sur ce coup-là. Nous autres, on n'y est pour rien du tout.

— Je le sais.

— Mais alors, c'était pourquoi, tout ce scandale que vous avez fait à Dom, hier ? C'était pourquoi, bordel ?

Balzic se détourna en pivotant sur son tabouret sans répondre à la question. Arrivé près de la porte, il se tourna pour dire à Mila Sanders :

— Il faut que j'y aille. Mais on a encore des choses à se dire.

— Je suis ici tous les jours, dit-elle en souriant. Puis elle leva les mains au-dessus de sa tête et fit une série de brefs mouvements, comme pour se brosser les cheveux. Enfin, elle tendit le doigt vers Balzic, en riant.

— Et merde, dit Balzic entre ses dents. Et il pressa le pas en direction de sa voiture.

Balzic pénétra dans le commissariat en défaisant son nœud de cravate. Le sergent Angelo Clemente sursauta à son entrée, leva le nez et fit faire un demi-tour à son fauteuil.

— Qu'est-ce qu'il y a ?

— Mets-toi au téléphone. Appelle un type sur quatre et dis-lui d'appeler les trois autres. Toutes les patrouilles doivent être doublées jusqu'à nouvel ordre. Et il me faut des inspecteurs en civil.

— Qu'est-ce que je leur dis ?

— Dis-leur de se bouger le cul. Je ne les attendrai pas deux heures.

— Mario, j'espère que tu sais ce que tu fais. Ça représente un paquet d'heures supplémentaires. Le conseil ne…

— Fais ce que je te dis, Angelo ! Les états d'âme du conseil municipal, c'est mon affaire !

Clemente haussa les épaules et hocha plusieurs fois la tête, la bouche en cœur et les yeux à demi fermés. Il fit encore une remarque, mais pour lui-même, puis il tira son fauteuil vers le téléphone et composa le premier numéro.

Balzic s'était installé devant la console-radio et actionnait les manettes pour lancer son appel sur l'ensemble des fréquences.

— A toutes les patrouilles et agents en service, commença-t-il. Priorité, priorité. Appréhender et mettre en état d'arrestation Tullio Manditti, sexe mâle, origine caucasienne, âge approximatif trente-cinq ans, taille environ cinq pieds six pouces, poids environ cent quarante ou cent cinquante kilos, forte obésité, généralement vêtu d'une salopette. Motif de l'arrestation, suspicion de complicité. L'amener directement au commissariat. Ne pas le conduire chez un magistrat. Je répète, au commissariat et pas chez un magistrat. Manditti est peut-être armé. Méfiez-vous de lui. Il est agile et très costaud. Ne tentez pas de l'appréhender si vous êtes seul, appelez d'abord du renfort. Je répète, appelez d'abord du renfort… Avis à tous les sauteurs et à tous les branleurs, je veux qu'on m'amène Tullio Manditti ici, mais vous n'êtes pas censés l'attraper vous-même si vous êtes seul. A un contre un, vous n'avez aucune chance, et quand il vous aura foutu par terre et qu'il se sera assis sur vous avec ses trois cents livres, vous pourrez toujours appeler votre mère. En cas de nécessité, faites usage de votre matraque… Balzic répéta son appel, s'assura qu'il avait bien été reçu par toutes les patrouilles et les unités mobiles, et s'approcha de Clemente. Comment ça se passe ?

— J'ai encore deux appels à faire. Ils râlent, mais il n'y a pas de problème jusqu'à présent.

— Bien. Continue. Je veux les voir tous ici.

Balzic prit un autre téléphone et appela chez Muscotti. Vinnie répondit.

— Balzic. Est-ce que Soup, Digs et Brownie sont toujours là ?

— Je ne vois que Brownie.

— Et Dom ?

— Il devrait arriver d'ici un quart d'heure ou vingt minutes. Pourquoi ?

— Si par hasard tu voyais débouler Tullio Manditti – ce dont je doute – tu lui dis de ne plus bouger et tu me préviens immédiatement. Compris ?

— Ouais, Mario. Bien sûr.

— Bon. Passe-moi Brownie.

— Ouais ? fit la voix de Brownie après une succession de craquements et de bourdonnements.

— Balzic. Tu vas chercher Soup et Digs et vous vous mettez tous les trois en patrouille. Préviens tous les gars. Je veux Tullio, tu entends ?

— Eh, minute, Balzic. Faudrait quand même pas me prendre pour un chien de chasse.

— Mon cul ! tu *es* un chien de chasse ! Dépêche-toi de sortir, ouvre tes yeux et fais marcher ta langue. Et si tu le trouves, ne le lâche plus jusqu'à ce que je sois prévenu. Compris ?

— Mais…

Balzic raccrocha sans lui laisser le temps de poursuivre. Puis il attendit.

Une heure plus tard, tout son monde était rassemblé dans la salle de garde. Quelques-uns levaient sur lui un regard direct et interrogateur. Il y eut pas mal de grognements et d'imprécations étouffées jusqu'au rappel par Balzic du tarif des heures supplémentaires. Ils devinrent alors plus calmes et plus attentifs, certains faisant même montre d'un certain zèle. Balzic redoutait les excès de zèle. Il s'efforça de ne pas y penser tandis qu'il leur expliquait ce qu'il attendait d'eux, et pourquoi.

Deux heures plus tard, après avoir appelé Walker Johnson et le district attorney Milt Weigh pour leur demander tous les renforts dont ils disposaient, Balzic faisait toujours les cent pas dans la salle de garde. Il avait autorisé le sergent Angelo Clemente à rentrer chez lui, car Clemente souffrait des pieds au point de devoir se reposer dix minutes chaque fois qu'il en marchait trois, et Mrs. Clemente réquisitionnait la voiture du ménage pour emmener sa mère faire des courses.

Il était environ cinq heures quand Balzic, qui avait cessé d'arpenter la pièce pour s'asseoir derrière un bureau, les pieds posés dessus, se dit qu'après tout, Tullio Manditti se trouvait peut-être déjà en Floride. Il plissa un sourcil pour regarder l'heure à la pendule placée au-dessus de la console-radio, et ses doigts se mirent à tambouriner sur la peau de son estomac.

— Dis donc, Vic, jette un œil là-dessus et dis-moi si j'ai bien compté.

— Pardon ?

— Vérifie simplement qu'il ne manque rien. Là, sur le sous-main. Balzic se tut une seconde et se tordit le nez entre le pouce et l'index avant de récapituler ce qu'il venait de griffonner sur le grand buvard. Il y a toi, moi, et Angelo. Ajoutés aux autres, ça fait trente-trois personnes de notre côté. Bon. Il faut y ajouter Soup, Digs, et Brownie. A ton avis, ils sont combien au total ?

— En comptant tous ceux de Rocksburg, Southwest Rocksburg et Westfield Township ? Ma foi, ils doivent bien être une dizaine chaque fois. Plus que ça, même.

— Je dirais, une vingtaine.

Stramsky haussa les épaules.

— Possible.

— Bien. Donc, en supposant que la moitié d'entre eux est sur le coup, ça fait trente-trente-cinq types en train de chercher Tullio Manditti. C'est bien ça ?

— Ouais. Grosso modo.

— Bien. Nous, on a deux unités mobiles de la police d'Etat, une autre qui nous vient de Westfield, plus trois banalisés des Narcotiques, plus Carraza et Dillman de chez Weigh.

— Attends, je les ajoute, Stramsky se gratta le cuir chevelu au-dessus de l'oreille et se mit à écrire sur le buvard. Après un instant, il annonça : j'arrive à un total de soixante-dix à soixante-quinze gars – tout dépend de combien ils sont chez Dom.

— Oui. C'est ce que j'avais trouvé, dit Balzic. Il se renversa sur le dossier de son fauteuil et fit craquer ses phalanges. Réfléchis une seconde, Vic. Ou plutôt, imagine. Soixante-dix, soixante-quinze personnes en train de chercher un seul type, une espèce de ballon dirigeable sur pattes, dans une ville grande comme la nôtre, pendant

– ça fait combien de temps, maintenant – trois heures ?

— Au moins.

— Et le type reste invisible. Quel genre de pari on pourrait faire là-dessus, à ton avis ? Merde, j'ai oublié ceux de l'hôpital, au service de sécurité. Balzic secoua la tête. Ça fait trois, quatre personnes de plus ?

— Non. Ils ne sont que deux à cette heure-ci. Les deux autres arrivent à la relève des équipes des infirmières. C'est-à-dire à onze heures.

— Mettons deux. Mais tout de même, le soleil brille, tout le monde a son signalement. Une montagne de graisse ambulante, ça ne se rate pas, non ?

Stramsky haussa les épaules et il s'apprêtait à dire quelque chose quand le téléphone se mit à bredouiller sur la console. Il enfonça une fiche et écouta pendant quelques secondes. Puis il dit :

— Mario, quelqu'un l'aurait vu.

Balzic sautait déjà sur ses pieds pour attraper l'appareil.

— Ici Balzic. Parlez.

— C'est Mrs. Kwalick, du service des urgences.

— Bonjour. Comment ça va ?

— Moi, ça va, merci. Mais je crois que vous feriez bien de venir. Nous venons d'admettre un homme d'une quarantaine d'années tout juste, du nom de Francis Dulia, et il est en très mauvais état. Une douzaine de fractures, peut-être plus, mais ni lacérations ni brûlures. L'homme qui l'a amené a dit qu'on l'avait battu.

— J'arrive tout de suite. Balzic reposa le récepteur et fonça vers la porte. Ce gros salopard. Ce fils de pute. Il l'a eu. Tous ces gens qui le cherchaient, et il l'a eu tout de même…

— Je n'ai pas encore fait tous les examens nécessaires, dit le docteur. C'était un Indien, mince et grand, avec de longues mains aux doigts interminables. Il parlait avec l'accent britannique.

J'ai procédé à un examen superficiel et j'ai fait prévenir le radiologue et le service de chirurgie. J'ai demandé à ce qu'on fasse venir également un chirurgien spécialiste en neurologie.

— Hum. Vous-même, qu'en pensez-vous ?

— Il y a de graves contusions, peut-être des fractures, au niveau de l'os pariétal et de l'os temporal, à gauche comme à droite…

— Le crâne ?

— Oui. Là. Le médecin désigna deux endroits de son doigt pointé, d'abord au-dessus de l'oreille gauche, puis derrière l'oreille. Le réflexe oculaire est très affaibli, avec une importante hémorragie dans l'oreille gauche. La position du menton et de la mâchoire, ainsi que l'enflure générale, indiquent clairement une fracture de l'os maxillaire inférieur. Il y a aussi une fracture de la clavicule gauche, visible à l'œil nu. Je n'ai pas eu besoin de la toucher.

— Quoi d'autre ?

— L'humérus du bras gauche est fracturé en deux endroits au moins, tout comme l'avant-bras, et probablement le poignet. Là aussi, j'ai pu constater les blessures de visu, d'après la position du membre. Le genou gauche, très enflé, doit être fracturé également, et j'ai relevé des zones enflées sur toute la longueur de la jambe, pied compris. Mais il y a quelque chose de bizarre.

— Quoi ?

— L'absence de toute lésion superficielle. Pas la moindre plaie. Je reconnais que mon expérience est limitée dans ce domaine, mais je n'ai jamais vu de telles blessures. Je ne m'explique pas comment on peut occasionner des fractures aussi nombreuses, sans plaies et pratiquement sans ecchymoses. Vraiment, je ne comprends pas.

— Hélas, moi, je comprends, dit Balzic.

— Dans ce cas, votre explication m'intéresse.

— Vous connaissez le médecin-légiste du comté ?

— Le Dr. Grimes ?

— Oui. Interrogez-le. Il sait tout sur ces questions, et il m'en a beaucoup appris. Bon. Merci, docteur. Au fait, et sa femme ?

— Elle était proche de l'hystérie, ce qui peut se comprendre. J'ai prescrit du Nembutal.

— Je pourrais lui parler ?

— Pas dans les trois prochaines heures, au mieux. Elle s'agitait et faisait beaucoup de bruit. Le médicament l'a un peu calmée.

— Et le type qui l'a amené ici ? Où est-il ?

— Ça, je n'en sais rien. Demandez-le plutôt à Mrs. Kwalick.

Balzic hocha la tête et donna une petite tape sur le bras du médecin. Puis il se dirigea vers le bureau de Mrs. Kwalick en s'arrêtant à l'entrée de chacune des salles de soins pour la demander.

Comme il atteignait la dernière salle, il fut abordé par un homme d'un certain âge aux cheveux grisonnants et à la stature impressionnante, vêtu d'un tee-shirt et d'un pantalon vert, et coiffé d'une casquette verte assez sale portant l'ancien insigne du syndicat des mineurs. Il était complètement édenté, et faisait passer d'une joue à l'autre une grosse boule de tabac.

— C'est vous le chef de la police ?

— Oui. Je peux faire quelque chose pour vous ?

— C'est moi qui les ai amenés, lui et sa dame. Le gars qui s'est fait tabasser à mort.

— Ah, vous êtes justement celui que je cherchais, dit Balzic en posant sa main sur l'épaule de l'homme pour le guider en douceur jusqu'au bureau dans lequel il venait de rencontrer le médecin indien. Asseyez-vous, Mr… ?

— Harsha. Andrew T. Harsha. Le T., c'est pour Théodore. Mais on m'appelle Andy.

— Eh bien, Andy, vous êtes son voisin ?

— J'habite à côté de chez eux, si c'est ça que vous voulez dire. Mais je ne suis pas leur voisin.

— Votre entrée est à quelle distance de la sienne ?

— Il y a vingt et un pieds de ma porte jusqu'à la limite du terrain dont je suis propriétaire. Et encore quarante pieds de là à leur maison. C'est *lui* qui le dit. Elle, elle ne s'en est jamais mêlée. Voilà pourquoi vous ne me ferez pas dire que je suis leur voisin. J'ai pris un avocat, d'ailleurs. Je ne sais pas où il veut aller avec cette histoire de dix pieds supplémentaires, mais je peux vous dire qu'il n'y arrivera pas. Et vu l'état dans lequel il est maintenant, même s'il y arrivait, il serait bien en peine d'en faire quelque chose, et…

— Euh… Andy, interrompit Balzic, je suis certain que votre avocat saura faire respecter votre droit de propriété, mais… pouvez-vous me dire ce qui s'est passé, du moins ce que vous en savez ?

— Moi ? Oh, je sais bien ce qui s'est passé. J'ai tout vu !

— Bien. Qu'avez-vous vu exactement ?

— Voilà. Je venais de rentrer du boulot, et je suis allé dans la cuisine pour prendre une bière – y'a pas mieux pour faire descendre toute la poussière, voyez-vous – et ensuite, je voulais sortir et nettoyer toutes ces cochonneries que les ratons laveurs font dans le jardin. Faut vous dire que ces ratons…

— Dites-moi ce qui s'est passé, dit Balzic.

— Voilà. Dulia est sorti de chez lui par la porte arrière, moi je l'ai vu et j'ai pensé qu'il s'amenait encore pour me casser les couilles au sujet de ce partage de terrain. Je me suis préparé à le recevoir, mais quand il s'est approché et que j'ai vu sa figure, j'ai compris qu'il était dans un drôle d'état, probablement qu'il avait la trouille et qu'il ne savait plus très bien ce qu'il faisait. J'ai déjà vu des zigues remonter à la surface avec cette tête-là quand notre vieille mère la Terre se secoue les puces un peu trop fort. Ça leur fait un méchant choc, même quand ils ne sont pas blessés. Donc, le voilà qui se met à regarder partout autour de lui comme s'il cherchait quelque chose. Puis il va voir dans le bois qui est derrière chez nous. Puis il fait le tour de sa maison, je le vois qui pointe son nez à l'angle du mur comme s'il voulait voir sans qu'on le voie. Et il repart à toute vitesse, mais sur la pointe des pieds, jusqu'à l'autre angle – celui qui est le plus proche de chez moi – et il recommence son manège. Moi, je commence à trouver ça vraiment comique, et j'en perds pas une. J'avais la bouteille de bière à la main, et je ne pensais même plus à la boire. Tout d'un coup, le voilà qui repart vers le bois en cavalant comme un fou. Il fait quelques pas, quand ce truc lui arrive dessus – je n'ai pas vu d'où c'était parti, à cause du mur de la maison – et le chope en plein au milieu du dos, et il tombe par terre. Je vois bien que ça lui a fait sacrément mal, il se tortille, il fait un tas de grimaces, comme s'il n'arrivait plus à respirer.

— C'était quoi, ce truc qui lui est tombé dessus ?

— Sur le moment, c'était difficile à dire. J'ai compris quand le gros type est venu la ramasser : c'était une batte de base-ball, voyez-vous, et on avait entortillé quelque chose de blanc au bout, peut-être une serviette, mais je n'en suis pas sûr.

— Et ensuite ?

— J'ai vu le gros type – et quand je dis gros, c'était vraiment un gros – qui ramassait la batte et qui frappait Dulia avec. D'abord sur la jambe. Il ne disait rien, il tapait. Puis il s'est penché sur Dulia et il lui a dit quelque chose que je n'ai pas compris. Mais j'ai entendu Dulia qui répondait, "Mon Dieu, arrête de me frapper", ou un truc de ce genre. Mais le type a recommencé à taper. Là. Harsha, en parlant, avait mis un doigt sur sa tempe gauche.

— Vous avez entendu tout ça à travers la fenêtre ?

— Elle n'était pas fermée. Comme j'ai refait la peinture de ma cuisine, j'ai passé la deuxième couche hier justement, je laisse ouvert pour que l'air circule.

— Bien. Continuez.

— Donc, le gros se remet à frapper. En plein dans le genou – là, un peu de côté. Harsha s'était mis debout et montrait du doigt la face interne de son genou gauche. L'autre était couché sur le côté, comme ça. Harsha s'allongeait maintenant, à même le sol aux pieds de Balzic en présentant son flanc gauche et levait le bras comme pour protéger son visage. Puis il sauta sur ses pieds et se mit à frapper à coups répétés comme s'il avait coupé du bois avec une hache imaginaire à l'endroit où il venait de s'allonger. Le gros type cognait comme ça, vous comprenez ?

— Je comprends, dit Balzic.

— Ensuite, il s'est penché et il a encore dit quelque chose à Dulia, mais je n'ai pas compris. Tout ce que j'entendais, c'était la voix de Dulia qui le suppliait d'arrêter. Mais le gros s'en foutait pas mal. Il s'est relevé, et il s'est remis à cogner. Là. Harsha montrait l'intérieur de son poignet gauche.

— Et vous, vous regardiez ça ?

— Bien sûr que je regardais ! Vous croyez que j'invente ? Ah, vous voulez dire que j'ai assisté à tout sans rien faire ? Moi, vous savez, j'ai déjà vu des hommes enterrés sous des tonnes de terre avec tout juste la tête qui dépassait. J'ai vu des types avec la moitié de la tête arrachée et les tripes sorties. Des types avec leurs jambes et leurs bras à trois mètres d'eux, en Italie pendant la guerre. Ça ne me fait ni chaud, ni froid.

— Je vois. Et ensuite ?

— Le gros se penche pour parler à Dulia. Je ne sais pas ce qu'il lui dit, mais cette fois, c'est Dulia qui se met à gueuler. Je n'y comprenais toujours rien, mais je me souviens très bien des mots, vu qu'il répétait et qu'il répétait : "Il pouvait pas perdre ! Il devait pas perdre !"

— Perdre ? Qui ne devait pas perdre ? Il a dit exactement ces mots-là ?

— Oui m'sieur. Ça, j'en suis sûr. Il a dit ça, oh, cinq ou six fois, peut-être. Et le gros l'a encore frappé deux fois. Là sur la hanche. Il y allait vraiment de toutes ses forces. Et le Dulia qui gueulait, et l'autre qui se penchait, qui lui parlait, puis qui recommençait à taper ! Comme ça, encore cinq ou six fois. Il lui frappait la tête, et puis tout le corps sur le côté gauche.

— Le tout a duré combien de temps ?

— Oh, deux minutes, pas plus. Peut-être même moins que ça. Tout s'est passé très vite.

— Bien. Continuez.

— A ce moment-là, Dulia ne criait plus. Il faisait la tête de quelqu'un qui crie, mais il n'y avait plus aucun son qui sortait de sa bouche. Alors, le gros a posé sa batte, il l'a appuyée bien tranquillement contre sa jambe, puis il a sorti un mouchoir et il s'est essuyé le cou et la figure. Faut dire qu'il transpirait à grosses gouttes. Puis il s'est baissé, très vite, et Dulia parlait mais je ne comprenais toujours rien. Il a parlé pendant longtemps, peut-être cinq minutes, et le gros restait penché sur lui en continuant à s'essuyer la figure. Et puis tout d'un coup, le gros a remis le mouchoir dans sa poche et il a gueulé : “Fils de pute, j'ai été encore trop bon avec toi ! Maintenant, je vais t'éclater la tête pour de bon !”

— C'est exactement ce qu'il a dit ? demanda Balzic.

— Exactement. C'était la deuxième fois que je comprenais quelque chose. Il l'a répété plusieurs fois, d'ailleurs. Puis il a recommencé à le frapper, il était monté sur lui et il tapait comme un fou, quatre ou cinq fois de suite, très vite. D'abord là – Harsha toucha du pouce sa clavicule gauche – et après, trois fois sur la tête. Je ne peux pas dire exactement à quel endroit de la tête, vu qu'à ce moment le gros s'est mis devant Dulia, mais je l'ai bien vu, ensuite, quand je me suis approché.

— Qu'est-ce qui s'est passé ensuite ?

— Ensuite, le gros a fait demi-tour et il est reparti, bien calme et l'air de rien. Il est repassé derrière l'angle de la maison, et j'ai entendu une voiture démarrer. Alors, je me suis approché de Dulia. J'ai vu tout de suite le sang qui lui coulait de l'oreille, et j'ai compris qu'il fallait l'amener ici en vitesse. Comme je ne voulais pas attendre une ambulance, j'ai reculé sur la pelouse avec ma camionnette, j'ai pris des couvertures pour l'enrouler dedans, et je l'ai installé à l'arrière comme j'ai pu. Je l'ai laissé à l'hôpital, puis je suis allé chercher sa dame à son travail.

— C'est tout ?

— C'est tout. Je vous ai tout raconté.

— Bon. Si vous rencontriez ce gros type à nouveau, est-ce que vous seriez capable de le reconnaître ? Je veux dire, de façon catégorique ?

— Quelle blague. Un gros-cul comme celui-là, ça peut pas se confondre !

— Il ne vous a pas vu ?

— Il n'a pas regardé une seule fois dans ma direction.

— Vous vous trouviez à quelle distance ?

— Je vous l'ai dit. Ma maison se trouve exactement à vingt et un pieds de…

— Oui, oui. Mais eux, ils étaient où, par rapport à la maison de Dulia ?

— Oh, à dix yards, peut-être, de l'arrière de sa maison, et, attendez une seconde, disons à cinq yards de chez moi.

— Et vous aviez sur eux une vue dégagée ? Il faisait clair ?

— Sûr. Il n'y avait rien entre nous, à part la barrière que j'ai installée il y a deux mois.

— Quelle sorte de barrière ? De quelle hauteur ?

— Oh, c'est le modèle standard, à barreaux métalliques. On voit tout ce qu'on veut à travers. Je l'ai achetée chez Sears et je l'ai posée moi-même. Trois pieds au-dessus du sol, un pied en dessous. Je voyais le gros par-dessus, mais pour voir Dulia, je devais regarder entre les barreaux.

— Mais il n'y avait rien d'autre entre vous et eux, ni arbre ni haies, rien de tout ça ?

— Rien, à part cette barrière.

— Bon. Maintenant, vous pouvez me parler un peu de Dulia ?

— Bah, il n'y avait jamais eu d'histoires avec lui, jusqu'au moment où il s'est fait cette blessure au dos. Ça lui a changé le caractère, voyez-vous. Après, il avait l'air d'en vouloir à la terre entière.

— C'est arrivé quand, cette blessure ?

— Oh, il y a bien un an. Il est resté une paye à l'hôpital – cinq à six semaines. Faut dire qu'il était salement amoché. Ils lui ont pris un morceau d'os dans la cuisse pour le lui mettre dans le dos, après quoi il a eu une infection ou une saloperie comme ça. Il faisait peur à voir quand il est rentré chez lui. Et il a été obligé d'y retourner pas très longtemps après. Mais moi, avant cet accident, je n'avais jamais eu à me plaindre de lui. Ils étaient installés ici depuis dix ans, et ils n'avaient jamais parlé de ce partage de terrain. Tout a commencé après sa deuxième sortie de l'hôpital. Il ne pouvait parler que de ça. Un jour, je lui ai dit : "Bon Dieu, mais qu'est-ce que vous croyez, qu'il y a du pétrole là-dessous, ou quoi ?"

— Et ses autres voisins ? Est-ce qu'il s'est disputé avec eux aussi ?

— Ça, j'en sais rien. Il n'y a qu'une vieille dame, de l'autre côté, et elle pourrait aussi bien vivre dans une maison de retraite. Mais je ne crois pas que Dulia l'embêtait, celle-là, parce que sa femme s'occupait d'elle. Elle lui apportait souvent à manger, je la voyais de chez moi, et je crois bien qu'elle lui faisait même sa lessive.

— Bien. Vous savez d'autres choses sur lui ? De quoi vivait le couple, puisqu'il ne travaillait pas ? Il touchait une pension d'invalidité ?

— Ouais. Et puis, sa femme travaille au supermarché, comme caissière. Je crois qu'ils s'en sortaient comme ça. Evidemment, ils étaient moins à l'aise qu'avant. Il était maçon. Vous savez combien ces types se font de l'heure. Alors, c'est sûr qu'ils ont dû se serrer la ceinture mais, bon, ils n'avaient pas d'enfants.

— Vous vous souvenez de l'avoir entendu parler de jeu, de paris, et de choses de ce genre ?

— S'il l'a fait, ça m'a échappé. Il était peut-être comme les autres, tous ces types qui jouent comme des cinglés mais qui font ça en douce, si bien que vous vous doutez de rien jusqu'au jour où ils touchent la galette, ou bien quand ils loupent le magot à un chiffre près et que vous les entendez râler.

Balzic hocha la tête.

— Et le gros, vous l'aviez déjà vu ?

— Jamais.

— Vous n'avez jamais vu un type qui lui ressemblait, aussi gros que lui, un peu plus grand, et plus vieux de deux ans ?

— Non.

— Bon. Et Dulia ? Vous m'avez bien dit tout ce que vous saviez à son sujet ?

Harsha hocha la tête.

— Je ne vois rien d'autre. Entre nous, c'était bonjour-bonsoir, et puis voilà. Depuis que mon épouse est morte, j'ai pas tellement envie de fréquenter, si vous voyez ce que je veux dire. Non, jusqu'au moment où il a commencé à s'exciter sur cette histoire de mitoyenneté, on se connaissait à peine. On n'a jamais bu une bière ensemble.

— Il buvait ?

— Avant, il prenait une ou deux bières en rentrant du boulot, quand il faisait chaud. Mais depuis sa blessure au dos, il s'est mis à picoler pour de bon. Du vin doux. Il l'achète par bidons – au moins deux bidons par semaine. Un jour, il a dit que c'était la seule chose qui pouvait soulager son mal au dos. J'ai eu l'impression qu'il racontait des histoires. Mais il disait peut-être vrai, après tout. Moi, j'ai de la chance, je sais pas ce que c'est qu'un mal de dos. Mais j'ai souvent vu des gars handicapés de ce côté-là, et au boulot, ils valent pas un pet – à croire que ça vous fait vraiment souffrir.

— Et sa famille ?

— Je vous ai déjà dit qu'ils étaient sans enfants. Les seuls parents qu'on ait jamais vus leur rendre visite étaient une vieille dame avec son fils et sa fille. La fille avait une allure pas possible. J'ai su que c'étaient des parents à eux parce que Mrs. Dulia m'a dit qu'elle plaignait la vieille dame à cause de sa fille. Mais je ne sais pas comment ils s'appelaient. Tout ce que je sais, c'est que c'étaient des parents à lui, pas à elle.

— La fille avait une allure pas possible, vous dites ?

— Oh… comment vous expliquer ça… Elle avait l'air complètement ramollie. Et le Dulia, il était tout le temps à la surveiller, à la suivre partout autour de la maison comme s'il avait eu peur qu'elle fasse du grabuge – ou peut-être qu'elle se fasse mal. C'est l'impression que ça m'a fait, en tout cas.

Balzic resta songeur un moment. Quelque chose venait de le frapper, un rapprochement s'était opéré. Il ne savait pas lequel précisément, mais il savait qu'en y réfléchissant il mettrait le doigt dessus. Il sortit son calepin pour noter l'adresse et le numéro de téléphone de Harsha. Celui-ci lui donna l'adresse et dit : "Je n'ai pas le téléphone. Je l'ai fait couper après la mort de ma femme… Dites donc, si c'est pas indiscret de vous le demander, pourquoi vous notez ça, et pas le reste ? Tous ces flics qu'on voit à la télé, dans les séries policières, ils passent leur temps à prendre des notes en écoutant les témoins raconter leur histoire.

— Justement, Andy, répondit Balzic en souriant, j'allais vous dire de passer au commissariat pour faire une déposition en règle. Je vous promets que la sténographe ne sautera pas un seul mot de ce que vous lui direz, mais moi, si je prenais tout par écrit, le lendemain je ne pourrais pas me relire. En tout cas, nous allons établir un procès-verbal de votre déposition que nous transmettrons à un magistrat pour qu'une information soit ouverte contre ce gros-là. Sinon, vous devriez vous présenter en personne devant le magistrat instructeur, et je préfère vous éviter ça.

— Oh... Pour moi, c'est comme si vous parliez dans une langue étrangère. Mais vous devez savoir ce que vous faites.

— Vous n'avez pas à vous inquiéter. Le problème, c'est que je n'aurai pas de sténographe disponible avant demain en fin d'après-midi. Pouvez-vous être là vers seize heures ?

— Quatre heures dix. Ça vous va ?

— Parfait. Et d'ici là, gardez-vous en vie.

— Bah ! Pour la santé, je ne crains personne !

Balzic se mit à rire.

— C'est ce que je vois. Ce qui compte, c'est de bien vous rappeler tout ce que vous avez vu.

— C'est pas des choses qu'on oublie facilement, vous savez.

— Bien. Rentrez chez vous maintenant, et offrez-vous une ou deux canettes bien fraîches. Si je n'étais pas là demain, quand vous arriverez, dites simplement à l'agent de service ce que vous êtes venu faire, et il s'occupera de vous. Entendu ?

Harsha fit oui de la tête, haussa une épaule, leva la main dans un geste d'adieu et s'éloigna.

Balzic appela ensuite le commissariat pour dire à Stramsky que Manditti était désormais recherché pour tentative de meurtre.

— Il n'y a pas le moindre doute là-dessus, Vic. Ce gros tas a esquinté un type nommé Francis Dulia à coups de batte de base-ball. Appelle Muscotti et préviens-le que ses gars ont intérêt à se magner le train. Quelque chose me dit que Tullio nous en réserve d'autres si on ne lui met pas rapidement la main dessus. Je ne saurais pas dire pourquoi, mais je le sens. Moi, je reste ici et je vais voir si je peux parler à Fat Manny et à la femme de Dulia.

Balzic ne put parler avec Mrs. Dulia, encore sous l'influence du Nembutal, et monta au troisième étage pour voir Fat Manny. Il le trouva dressé sur son séant, les dents plantées dans un saucisson et se léchant les doigts entre chaque bouchée.

— Salut, Manny. Comment tu te sens ?

— Vivant. Et vous, Balzic ?

— Vivant, aussi. Pour le moment.

— C'est bien. Je ne sais pas ce qu'on deviendrait, à Rocksburg, si on perdait notre chef de police. Grâce à vous, il y a de la sécurité dans les rues. Les citoyens vous en sont reconnaissants.

Balzic vérifia d'un coup d'œil que les autres lits étaient inoccupés. Puis il revint vers la porte pour donner un rapide tour de clé.

— Bon, Manny. Laisse tomber la pommade.

— Quelle pommade ? Vous croyez que je vous passe de la pommade ? Moi, je croyais qu'on parlait entre amis !

— Dans ce cas, continuons, et dis-moi ce qui s'est passé avec Francis Dulia.

— Qui ça ? Vous pouvez répéter ce nom s'il vous plaît ?

— C'est la première fois que tu l'entends, hein ?

— Parfaitement, c'est la première fois, dit Fat Manny en appuyant sur chaque mot.

— Explique-moi, alors, ce qui a poussé ton frère à lui tomber dessus avec une batte de base-ball ?

— Mais de quoi vous parlez ? Mon frère ? Une batte de base-ball ? Ça va pas, Balzic. C'est peut-être la nourriture. Il faut se méfier du pain qu'ils vendent ici, et de tous ces trucs chimiques qui vous détraquent le système. Mon frère, il ferait pas de mal à une mouche.

— Ecoute-moi bien, Manny. Tous mes gars sont à ses trousses. Plus ceux de Dom. Plus la police d'Etat, et toutes les forces du comté. Ton frère est poursuivi pour meurtre. Et même si Dulia s'en tire – ce qui m'étonnerait, sachant qu'il a deux fractures du crâne et une bonne douzaine d'autres en différents endroits du corps – même si Dulia s'en tire, je peux te dire que l'acte d'accusation sera gratiné. Et je peux te dire aussi que, vu l'état de fureur dans lequel se trouve Dom Muscotti, Tullio devra se débrouiller seul pour assurer sa défense, ou pour améliorer son ordinaire quand il sera en cabane. Fat Manny venait d'arracher une nouvelle bouchée à son saucisson et mastiquait lentement, pensivement, sans mot dire. Ce que je veux te dire c'est, réfléchis bien à ce que tu fais, Manny. Ton frère est un homme seul. Il sera tout seul devant le juge, parce que personne ne voudra l'aider. Et on ne l'enverra pas à l'hôtel du coin purger sa peine, Manny. Il ira à Pittsburgh, à la prison centrale, là où on met les salauds et les cinglés. Sans un ami pour s'occuper de lui, ni au-dehors, ni au-dedans. Alors, rends-lui ce service, dis-moi où il est passé. S'il se livre maintenant, il pourra peut-être couper à Pittsburgh. Il s'apercevra peut-être qu'il y a encore des gens pour l'aider.

— C'est idiot, ça, Balzic. D'abord, j'y comprends rien. Et même si je savais où il est passé… il doit être à la maison, non ? Vous voulez qu'il se livre à la police, mais pourquoi ? Il n'a rien fait !

— Dis-moi simplement où il se trouve, Manny, et je l'appellerai au téléphone. Laisse-moi lui parler cinq minutes et je t'assure qu'il me suppliera de l'aider à s'en sortir.

— Vous vous excitez pour des prunes, Balzic. Je ne sais même pas de quoi vous voulez parler.

— Francis Dulia, tu ne connais pas ?

— Combien de fois je dois vous le répéter ?

— C'est pas quelqu'un pour qui tu aurais pris un pari gagnant et que tu aurais envoyé se faire voir ensuite ?

— Je me demande où vous prenez tout ça. Je prends pas de paris, moi. Je suis chauffeur, tout le monde le sait.

— Tu te moques de qui, quand tu dis ça ? Voilà une semaine que tu n'as pas touché un volant !

Et ces trous, là, partout, dans ta graisse, ils sont venus comment ?

Manny parut réfléchir un court instant.

— Je vais vous le dire. J'avais un sac plein de bouteilles de bière consignées que je voulais rendre. Le sac s'est crevé, une bouteille est tombée, j'ai mis le pied dessus, je suis tombé avec les autres bouteilles, elles se sont cassées sous moi et vous savez, je pèse mon poids…

— Manny, ça suffit. Je te demande une dernière fois de réfléchir et de ne pas faire l'idiot. Quelle est ta réponse ?

Fat Manny roula sur le flanc avec force grimaces et gémissements dans le grincement des ressorts martyrisés. Le saucisson entamé atterrit sur la table de chevet.

— Dites donc, Balzic, il y a des olives et un morceau de pain là-dessous. Vous pouvez me les passer ?

— Dis-moi où est Tullio, et je t'offrirai un festin.

— Allez vous faire foutre. Je vais appeler une infirmière. Vous vous croyez indispensable ?

— C'est exactement ce que vous penserez sous peu, toi et ton frère. Mais, vu la façon dont vous vous y prenez, je ne sais pas si je serai encore là.

— Dites donc, Balzic, je me sens fatigué tout d'un coup. J'ai plus envie de causer. J'ai besoin de me reposer un petit coup.

— Moi aussi, je voudrais bien me reposer, grinça Balzic. Mais je me demande quelle tête fera Tullio, quand je lui dirai où tu essayes de l'envoyer, et ce qu'on y mange matin et soir. Après toutes les bonnes choses qu'il t'a apportées. Tu pourras toujours lui envoyer des colis de saucisson, là-bas. Ils ne passeront pas le poste de garde.

— A un de ces quatre, Balzic. J'ai sommeil.

— Comme tu voudras, Gras Double. Tu peux tout de suite te mettre à prier pour que Dulia ne meure pas.

— On meurt tous un jour, Balzic. Et ne m'appelez pas Gras Double. Fat Manny, d'accord. Mais Gras Double, pas question.

— C'est ça, Gras Double, je vais me gêner. Tu t'es vu, dans ton lit, avec ta graisse pleine de trous ? Qu'est-ce que tu vas faire, dis ? Appeler ton Gras Double de frère pour qu'il s'occupe de moi avec sa batte de base-ball ? Je voudrais bien qu'il l'ose ! Vrai, j'en ai tellement par-dessus la tête, de vous deux, que je serais trop content de le voir s'amener pour me régler mon compte. J'ai un manche de pioche de trois pieds de long dans ma bagnole, Gras Double. Qu'il vienne, qu'il vienne donc, ton Gras Double de frère, et il trouvera à qui parler. Tu m'entends, Gras Double ?

— Tirez-vous d'ici, Balzic. Vous me donnez mal à la tête.

Balzic tourna les talons et sortit en marmonnant des jurons. Une fois dans le couloir, il s'arrêta face au mur, serrant les poings, se mordant les lèvres au sang et luttant contre l'envie de cogner de toutes ses forces. "Au train où vont les choses, songea-t-il, il ne me manque qu'une main dans le plâtre..."

Il enfonça ses poings dans ses poches et rejoignit les ascenseurs pour descendre au rez-de-chaussée. Là, il se dirigea vers le service des urgences, où Mrs. Kwalick lui indiqua le numéro de chambre de Mrs. Dulia, et s'offrit à le conduire. Mais il comprit très vite qu'il perdait son temps. Mrs. Dulia consentit à ouvrir les yeux un bref instant et se rendormit au milieu d'une phrase en essayant de répondre à ses questions. Il ne put rien tirer de ses bredouillements inintelligibles.

Balzic se mit à marcher autour de la chambre pendant cinq bonnes minutes en essayant de se concentrer et de trouver ce qu'il aurait pu oublier ou négliger de faire, avant de conclure qu'il n'y avait plus qu'à espérer un coup de chance. "On pourrait peut-être tenter la prière...", se dit-il, et il retourna dans le hall des admissions, où se trouvaient les cabines téléphoniques, pour appeler le presbytère de St. Malachy.

Sa voix disait la mine renfrognée du père Marrazo.

— C'est Mario, mon père. Comment allez-vous ?

— *Lo stesso**, répondit le prêtre.

— Votre problème ne s'est pas arrangé ?

— Vous voulez parler du père Sabatine ?

— Oui.

— Il n'est pas près de s'arranger, Mario.

Balzic attendait la suite, mais le prêtre restait silencieux.

— Et… la prière ? Elle ne peut pas vous aider ?

— Mario, je le dis pour la première fois, et j'espère que ce sera la dernière, mais je n'arrive pratiquement plus à prier. L'évêque est tellement furieux qu'il ne peut même pas en parler, et Sabatine tellement déprimé qu'il ne dit rien non plus. Quant à moi, je suis sur le point de tout planter et de laisser Kelly et Marcellino se débrouiller sans moi.

— Oh. Balzic ne trouvait pas d'autre commentaire.

— Tu voulais me demander quelque chose, Mario ?

— Moi ? Oh, non. Je voulais savoir où vous en étiez, c'est tout.

— Eh bien… que te dire ?

— Rien, je suppose. Désolé de vous avoir dérangé. J'espère que… euh… j'espère que ça ira. Balzic raccrocha sans dire bonsoir. “Bon, se dit-il, voilà qui est clair, rien à attendre de ce côté. Même pas une consolation. Mais il n'y a pas de quoi se frapper, après tout, il a ses propres problèmes, je ne vais pas lui demander de résoudre les miens. A chacun son boulot. De toute façon, je me serais peut-être senti mieux, mais des prières ne pouvaient pas changer grand-chose.” Mon

* Litt. “de même” en italien.

cul, oui, lâcha Balzic à haute voix en tournant le dos à la cabine téléphonique. Mon cul…

— Quel langage, dit une vieille femme aux cheveux tellement gris qu'ils tiraient vers le jaune. Elle était assise devant la cabine sur une banquette en simili-cuir, appuyée à la béquille en aluminium, à quatre pieds, qu'elle poussait devant elle pour se déplacer. Balzic entendit claquer sa langue. Que dirait votre mère, si elle vous entendait ? dit-elle encore. Balzic baissa les yeux pour fixer la vieille femme en se retenant de lui dire que si sa mère était là, elle lui conseillerait de s'occuper de ses propres affaires et de ne pas se mêler des conversations des autres. Jeune homme, aboya la femme, si vous continuez à m'importuner, j'appelle la police. Sa voix était aussi dure que ses fausses dents.

— Vieille femme, dit Balzic, je *suis* la police, et je vais vous laisser tranquille. Avec grand plaisir. Bonsoir.

Un sourire chargé de malice illumina soudain les traits de la vieille.

— C'est tellement gentil, de m'avoir amenée ici, roucoula-t-elle. Les gens sont merveilleux. Vous ai-je déjà présenté mon fils ?

— Non, madame, répondit Balzic, soudain conscient de l'état de gâtisme de son interlocutrice. Non, madame, pas jusqu'ici.

Toute sa figure se plissa autour des petits yeux qui le fixaient d'un éclat méchant tandis qu'elle sifflait :

— Dommage. C'est un salopard dans votre genre.

Balzic secoua la tête et s'éloigna. Arrivé au milieu du hall, il s'immobilisa et regarda autour de lui.

Tous les sièges étaient occupés. Il pivota lentement sur lui-même en regardant l'un après l'autre tous les visages. Sur celui-ci, il voyait du désarroi, sur celui-là, de la colère et sur tel autre de l'impatience. Ici, des lèvres serrées disaient le combat contre la douleur. Là, une femme avait retiré ses chaussettes et ses pantoufles et contemplait d'un œil morne ses chevilles terriblement enflées. Elle était enceinte, sans doute près de son terme, et son ventre semblait d'une grosseur démesurée. Il y avait un adolescent au poignet enveloppé dans un mouchoir plein de sang, un vieil homme aux narines à demi rongées par un cancer. Une femme noire aux traits impassibles essayait sans conviction de calmer les pleurs d'une petite fille, laquelle semblait d'autant moins décidée à se taire qu'il n'y avait, à son chagrin, aucune raison apparente. Un autre vieillard, secoué de quintes de toux, tournait et retournait entre ses doigts une cigarette non allumée. Une jeune femme rousse à la peau très claire et aux longs cheveux frisés était assise, le menton dans la main. Elle semblait se parler à elle-même et quand Balzic posa son regard sur elle, elle bondit sur ses pieds et se rua vers la porte. Comme elle passait en trombe près de lui, il l'entendit qui disait :

— Hôpital de merde. Qu'ils aillent se faire foutre, je les emmerde tous.

Balzic arrêta là son observation. Il se sentit pris à la gorge par le sentiment que s'il ne sortait pas de là immédiatement, s'il n'allait pas faire quelques pas dans l'air vif du mois de mars, il risquait d'étouffer. Il en resta un instant comme pétrifié, avant de foncer à son tour vers la sortie.

Une fois dehors, il aspira l'air à grands traits, desserra son nœud de cravate, sa ceinture, et se retint d'en faire autant avec les lacets de ses chaussures. Il essayait de se rappeler où, en quelles circonstances, il s'était déjà senti oppressé à ce point. Puis il se demanda quel intérêt pouvait revêtir un tel souvenir. Il n'y avait pas de comparaison possible. Et d'ailleurs, pourquoi s'étonner du spectacle offert par une salle des urgences ? Il en était ainsi chaque jour de la semaine. Et les autres jours ? Quand les citoyens en bonne santé donnaient libre cours à leur besoin de distractions ? A côté de ces urgences-là, celles d'aujourd'hui avaient comme un air de santé.

Il était onze heures trente-deux quand Balzic reçut un appel de l'hôpital. Il émanait d'un médecin inconnu de lui et à qui il dut faire répéter son nom, sans se sentir pour autant capable de le prononcer. Ce médecin-là était lui aussi libanais.

— Ce n'est pas très important, dit Balzic, mais à quelle heure est-il mort ?

— A onze heures vingt, répondit le médecin. Je viens de signer le certificat de décès.

— Avait-il repris connaissance ?

— Non.

— Quelle cause de décès avez-vous indiqué sur votre certificat ?

— Graves lésions cérébrales consécutives aux fractures multiples subies par l'os pariétal et la paroi temporale du côté gauche.

— Le Dr. Grimes est là ?

— Non. Pas pour le moment. Il a fait emmener le corps à la morgue immédiatement. Vous pouvez compter sur un rapport complet demain matin.

— Et sa femme, Mrs. Dulia, elle prend ça comment ?

— On m'a dit qu'elle n'avait pas toute sa tête.

— On peut la comprendre. Merci. Balzic raccrocha et s'absorba dans la contemplation du combiné téléphonique. Puis il se gratta le dos de la main gauche et réfléchit un long moment, le regard fixe et les yeux grands ouverts.

— Dis donc, Vic ! appela-t-il en levant les yeux pour apercevoir Stramsky, lequel tourna vers lui un regard interrogateur.

— Si j'ai bien compris, on n'en est plus à la tentative, mais au meurtre tout court ? demanda Stramsky.

Balzic hocha la tête.

— Le pauvre bougre ne s'est pas réveillé... Ça valait sans doute mieux pour lui. Il se leva pour s'approcher de la fenêtre donnant sur Main Street, devant laquelle il se campa en faisant tinter des pièces au fond de ses poches, laissant Stramsky appeler toutes les unités en service pour leur indiquer les nouvelles charges qui pesaient sur Tullio Manditti. Puis il appela la police d'Etat et prévint ses collègues que l'affaire passait désormais officiellement entre leurs mains.

Quelques rares voitures roulaient dans Main Street, où Balzic n'apercevait pas le moindre passant. La température avait spectaculairement baissé dans l'après-midi, ce qui laissait prévoir une chute de neige. Les bourrasques soulevaient des papiers qui partaient en tourbillonnant au-dessus des caniveaux et des trottoirs, mais il n'y avait toujours pas le moindre flocon. Il contempla un moment la course imprévisible des papiers chassés par le vent avant de se dire que sa propre façon de penser ressemblait beaucoup à cela : des fragments d'informations allaient et venaient dans toutes les directions, et l'ensemble demeurait incohérent.

On pouvait imaginer un scénario banal. Manny avait pris pour Dulia un pari gagnant, et quand il s'était révélé incapable de le payer, Dulia avait vu rouge. C'était logique. Un type avec un appétit plus gros que sa cervelle entubait un autre type, un chômeur handicapé du dos et sujet depuis peu à des accès d'hypocondrie caractérisée. Rien d'anormal dans tout cela. Arrivait le frère armé d'une batte : exit le type qui croyait que le monde entier voulait sa peau et à qui le monde finissait par donner raison. Tout s'enchaînait le plus logiquement du monde.

Mais qu'avait dit Dulia à Tullio pendant les deux minutes où ce dernier était resté penché sur lui, avant de se redresser en disant qu'il allait lui faire éclater la tête ? Tullio n'était pas venu avec l'intention de tuer. On n'enveloppe pas sa batte dans une serviette quand on veut tuer. Et jusque-là, Tullio ne l'avait pas frappé à la tête une seule fois.

Et puis, il y avait ces mots de Dulia : “Il ne pouvait pas perdre. Il ne devait pas perdre…” Voilà ce que Harsha avait entendu – et Harsha était catégorique là-dessus. “Il ne devait pas perdre.” … Mais on connaît la chanson : on n'a jamais vu un parieur penser qu'il pariait perdant. Et ce parieur-là sortait un peu de l'ordinaire. Il était assez remonté pour venir chercher son gain avec un couteau.

Autre question : sur quoi portait le pari ? Il y avait forcément un numéro. Manny n'avait jamais traité d'autres paris. Mais comment le type en était-il arrivé à croire qu'un numéro ne pouvait pas perdre ? Sur des actions ? Sur la Bourse ? Sur les courses de chevaux ? Là, les numéros ne manquaient pas. On trouvait ceux concernant la Bourse dans le *Wall Street Journal*, et ceux concernant les chevaux dans le *New York Daily News*… mais le type qui s'accrochait à des numéros comme ceux-là ne faisait jamais long feu. Et ce Dulia, ce brave beauf de Westfield Township, est-ce qu'on pouvait seulement l'imaginer accroché à quoi que ce soit ?

Accroché ? Pourquoi cette idée ? Bonne question. Disons que quelque chose accrochait quelque part. Un type qui va mourir ne dit pas des choses comme ça. Qu'est-ce qu'il raconte, alors ? Et puis merde à la fin, je ne sais même pas ce qu'il a dit à Tullio.

Mais non, bon Dieu ! Il a dit ça parce qu'il en était sûr, et c'est tout. Parce que c'était sa vérité, et qu'il était certain d'avoir raison. Dulia était ainsi : accroché à ce qui était son droit, son dû, sa propriété. Même si cela ne représentait pas grand-chose – que valent quelques pieds de terrain en plus ou en moins sur un acte de propriété ? Mais si vous vous êtes déjà cassé le dos, si vous n'êtes plus capable de travailler et si vous avez l'impression que le monde entier s'est ligué contre vous, alors vous commencez à vouloir faire respecter vos droits. Ce type se méfiait de la terre entière, et il lui fallait des certitudes. Voilà donc un joueur près de mourir et qui se soucie plus d'avoir perdu un pari qu'il ne devait pas perdre que de tout le reste, à commencer par son propre sort. Ce type savait forcément quelque chose. Il savait où s'accrochait toute l'histoire. A qui…

Balzic tendit la main, saisit le téléphone et composa un numéro.

— Oui ? répondit sèchement Dom Muscotti.

— C'est Mario. Dulia est mort.

Muscotti fit entendre quelques grognements indistincts.

— C'est… c'est une honte. C'est affreux. Je suis désolé, Mario… Vraiment.

— Tu es bien certain que tu ne le connaissais pas, Dom ?

— Mais oui, j'en suis certain. Je te l'ai dit tout de suite. Dom resta silencieux un instant. J'ai vaguement l'impression d'avoir déjà entendu son nom, mais rien de plus ! Nouveau silence. Cette ordure de Tullio. Attends un peu que je…

— Que tu… quoi ?

— Rien, Mario. Tu as entendu quelque chose ?

— Laisse tomber, dit Balzic avec un bref soupir. Tu es certain qu'aucun de tes gars n'a pris de pari pour ce Dulia ?

— Mario, crois-moi, je les ai tous interrogés. A quoi bon te mentir ?

— Du calme. Je n'ai pas dit ça.

— Personne ne connaissait ce type. Tu peux me croire.

— Tu as vu Manny ?

— Pas encore. Dès que j'aurai fermé la boutique, je compte filer à l'hôpital. J'ai un groupe d'anciens élèves, ici, qui fêtent je ne sais pas quoi. Si ce n'était pas pour eux, j'aurais déjà baissé le rideau depuis une bonne heure. Mais j'ai besoin de l'oseille.

— Tu as besoin de l'oseille ? demanda Balzic en riant.

— Ah, ça te fait rire ? Tu crois que je ne perds jamais, moi, ou bien il faut te faire un dessin ? Il y a un type qui se moque de moi en ce moment. Il doit avoir un ou deux jockeys dans sa manche, j'ai perdu hier sur Pittsburgh, aujourd'hui sur Buffalo. Tu sais combien je vais devoir allonger ?

— Je préfère ne pas le savoir, dit Balzic. Bon. Tu peux prévenir tout le monde que maintenant, c'est un meurtrier qu'on recherche. Et quand tu verras Manny, dis-lui que je suis en train de le mouiller jusqu'au cou. Complicité directe, avec préméditation.

— Je le lui dirai. Ne t'en fais pas. Je vais lui parler comme un père à son fils.

Balzic raccrocha et se mit à réfléchir. Si Muscotti connaissait Dulia, quel intérêt aurait-il eu à lui mentir ? Protéger Fat Manny ? Difficile à croire. Une semaine plus tôt, Muscotti était assez remonté contre Manny pour le virer de son travail, et ceci malgré l'attachement de Mrs. Muscotti, sa propre mère, pour la compagnie de Fat Manny et pour sa conversation. Or il n'était personne en ce monde à qui Dom Muscotti craignait de déplaire plus qu'à sa propre mère.

Et puis – et cet argument-là pesait plus lourd que tous les autres – seize années venaient de s'écouler pendant lesquelles Muscotti n'avait pas une seule fois usé de moyens physiques pour régler un problème. Depuis que Sam Weisberg s'était retiré en Floride. La position de Muscotti face aux patrons de Pittsburgh était solide, et nul ne prendrait le risque de le défier, sachant qu'il les défierait du même coup.

La conclusion s'imposait donc : Muscotti lui avait dit la vérité. Ni lui ni aucun de ses hommes ne connaissait Dulia, professionnellement ou d'une autre façon.

Mais alors, bon Dieu, à quoi ce Dulia était-il accroché ? Balzic se mit à tambouriner sur le bureau. Après tout, il était peut-être en train de compliquer quelque chose de très simple.

Il secoua la tête. Malgré tous ses efforts, il ne parvenait pas à chasser de son esprit une question : pourquoi cette insistance – mortelle – de Dulia à rappeler qu'il ne pouvait pas, qu'il ne devait pas perdre son pari ? Balzic éprouvait le sentiment d'avoir devant lui quelque chose d'évident, quelque chose que tout le monde savait et qu'il était seul à ignorer. Quelque chose qui concernait directement Dulia et qui avait, il en était certain, un rapport avec la vie locale. Ce Dulia était un abruti dont l'horizon se limitait à sa ville et à son quartier. S'il s'était mis sur un coup, ce ne pouvait être qu'avec des gens du coin.

Le sergent Joe Royer, qui assurait la permanence de cinq heures à midi, arriva et prit la place de Stramsky. Puis Balzic vit rentrer toutes les patrouilles, les unes après les autres. Et les gars annonçaient tous la même chose : pas la moindre trace de Tullio Manditti.

A une heure du matin, Balzic se disait que Dulia était bien un abruti, un fieffé abruti qui s'était laissé embarquer sur un coup foireux.

A une heure et demie, il pensait que Dulia était le type le plus malin de tout le comté.

A deux heures du matin, il s'avouait à lui-même qu'il ne savait finalement rien de Francis Dulia.

Il appela chez Roméo, le snack le plus proche, pour qu'on lui apporte un hamburger au fromage. Mais quand sa commande arriva, il en prit deux bouchées avant de le remettre dans son papier pour le ranger dans le tiroir supérieur de son bureau. Il avait des picotements sur la langue, la gorge sèche, les poumons irrités par trop de cigarettes, et les innombrables cafés qu'il avait avalés gargouillaient au fond de son estomac.

Il se mit à dessiner sur son bloc-notes de longs parallélépipèdes qu'il remplissait ensuite à l'encre noire. Des dizaines de questions à propos de Dulia se bousculaient dans son esprit, et il enrageait à l'idée qu'il ne pourrait pas y répondre avant l'heure d'ouverture des bureaux du service social de la mine. Il lui fallait tout reprendre à partir de là, et avec un peu de chance il aurait peut-être, avant midi, l'impression de savoir enfin qui était Dulia. Il lui fallait absolument des informations concrètes sur cet homme, sur sa vie, faute de quoi il continuerait à pourchasser la fumée à mains nues.

Il était deux heures vingt-cinq quand le téléphone se mit à sonner. Balzic bondit.

— Eh, fiston, dit la voix de sa mère, pourquoi tu n'es pas à la maison ?

— Euh... M'man ? Qu'est-ce que tu fais toi-même, debout, à une heure pareille ?

— Mes chevilles me font mal, et elles m'empêchent de dormir. Mais peu importe. Tu n'es pas rentré, tu n'as même pas téléphoné pour prévenir... Qu'est-ce qui se passe, fiston ? Ruth est un peu inquiète. Tu aurais pu appeler, au moins.

— Je sais, m'man, je sais. Désolé.

— Garde ça pour Ruth. Quand tu la verras, demain matin, prends la peine de t'excuser.

— C'est promis, m'man. Et maintenant, tu vas retourner te coucher, d'accord ? Essaye de dormir.

— Tu sais, Mario, une petite insomnie de temps en temps, ce n'est pas pour me gêner. Quelquefois, au lieu d'aller me coucher, je bois un petit coup de vin et je reste dans mon fauteuil à penser à des choses d'autrefois.

— N'y pense pas trop. Ça ne sert à rien de regarder en arrière, tu me l'as dit toi-même assez souvent.

— Bien sûr, la belle affaire ! Mais quand j'y pense, c'est sans regrets. J'aime bien revoir tous ces souvenirs, c'est tout.

— Très bien. Donc, bonsoir, m'man. Je ne veux pas te parler trop longtemps – tu comprends ?

— Eh, une seconde, fiston. Tu… c'est à cause de Frankie Dulia que tu veilles aussi tard ?

Balzic jeta un regard alarmé vers le récepteur comme s'il était lui-même responsable de ce qu'il venait d'entendre.

— Exact, m'man. Mais toi, comment le sais-tu ?

— J'ai rencontré Rose aujourd'hui, elle est terriblement affectée.

— Rose qui ?

— Mario, tu perds la mémoire, ou quoi ? Rose Abbatta. Cette même Rose qui…

— Mrs. Abbatta t'a parlé de Dulia ?

— Voui. Je viens de te le dire. Tu deviens sourd, aussi ?

— Mais comment connaissait-elle Dulia ?

— Mario. C'est son neveu !

Balzic redressa d'un coup sec son dos qui s'était arrondi à la rencontre d'un appui, et les deux pieds antérieurs de sa chaise retrouvèrent le sol.

— Tu peux répéter ce que tu viens de dire, m'man ?

— Mais qu'est-ce que tu as ? Tu es saoul ? Frankie Dulia est le neveu de Rose Abbatta.

— Je ne suis pas saoul. Dis-moi, maintenant, comment Mrs. Abbatta a appris ce qui s'était passé.

— Eh bien, comme tu le sais, Nicky a offert une bicyclette à Rosalie il y a un ou deux jours, et la petite a voulu tout de suite la montrer à Frankie. Mais Rose n'a pas voulu qu'elle y aille jusqu'à aujourd'hui. Donc Rosalie va là-bas, et trouve une maison vide. Le voisin lui dit que Frankie est à l'hôpital, qu'il a été battu d'une façon affreuse. La pauvre petite rentre chez elle en larmes, elle fait pipi partout, bref, elle est complètement bouleversée. Rose m'a dit qu'elle avait mis une demi-heure à calmer sa fille avant de lui faire dire ce qui s'était passé. Rosalie aimait beaucoup Frankie. Il l'avait connue petite, il s'était toujours occupé d'elle, et…

— Oh, m'man, j'aurais dû m'en douter ! J'aurais dû m'en douter, bien sûr ! répéta plusieurs fois Balzic en martelant le bureau de son poing fermé.

— Tu aurais dû te douter de quoi ?

— J'aurais dû me douter que tu étais la première personne à interroger.

— Dis donc, fiston, c'est moi qui t'ai appelé.

— Peu importe, m'man. Je vais devoir raccrocher maintenant. Attends. Où habite cette Mrs. Abbatta ?

— Tu veux son adresse ? Pour quoi faire ?

— Je t'en prie, m'man. Son adresse.

— Bien, bien. Pinewood Drive, dans Westfield Township. Je ne me souviens plus à quel numéro, mais c'est la troisième maison sur la droite.

— En venant d'où ?

— En venant d'ici, après avoir quitté la ville.

— Va te coucher maintenant, m'man. Et merci.

— Merci ? De quoi ?

— Je suis pressé, m'man, je t'assure. Merci. Tu es formidable.

— Eh, fis…

Balzic coupa la communication et laissa quelques secondes son index sur le bouton du récepteur. Puis il fit signe à Royer de s'approcher. Il appela l'opératrice du téléphone, et finit par griffonner quelques mots à l'intention de Royer. Celui-ci regarda le papier, la bouche ouverte, et leva les deux mains d'un geste interrogateur.

— Envoie quelqu'un l'arrêter, dit Balzic.

— Avec quel motif ?

— Débrouille-toi. Mais dis-leur de faire vite. Opératrice ? Madame, ici le commissariat de police de Rocksburg. Ceci est une urgence. Pouvez-vous me mettre en communication avec la résidence de Mrs. Rose Abbatta, Pinewood Drive, à Westfield Township. C'est peut-être son fils qui figure à l'annuaire, Nicholas ou Nicolao. Merci de laisser sonner aussi longtemps que nécessaire.

L'opératrice répondit : “Très bien, monsieur” et on entendit aussitôt un déclic, suivi d'un long silence. Puis de nouveau la voix de l'opératrice.

— La ligne est occupée, monsieur. S'il s'agit d'une urgence, souhaitez-vous que j'interrompe cette communication ?

— Mais oui, bien sûr ! Coupez-la ! Balzic jeta un coup d'œil à la petite pendule de la console-radio. Il faut te souhaiter de faire des heures supplémentaires, mon vieux. C'est cette nuit ou jamais...

La sonnerie du téléphone vint écorcher les tympans de Balzic, et tout son corps sursauta, comme piqué par un aiguillon. Il commença par repousser l'appareil, puis il approcha lentement de son oreille le récepteur tout vibrant des pitoyables glapissements de Mrs. Abbatta.

— Vite, une ambulance ! Au secours, Seigneur, mon Nicky est blessé. Je vous en supplie, envoyez une ambulance, il faut faire vite !

— Oublie la dernière chose que je t'ai dite ! cria Balzic à l'adresse de Royer. Appelle tout de suite Police-Secours et dis-leur de foncer à Pinewood Drive, Westfield Township – ne raccroche pas avant que j'aie trouvé le numéro de la maison.

— Mrs. Abbatta, c'est Mario Balzic qui vous parle. Ecoutez-moi. Ecoutez, Mrs. Abbatta, quelle est votre adresse exacte ? Le numéro de votre maison dans Pinewood Drive ? Mrs. Abbatta, vous m'entendez ? Mais elle ne semblait rien entendre. Elle continuait à crier, à supplier qu'on envoie quelqu'un pour porter secours à son fils. Mrs. Abbatta, bon sang, j'essaye de vous aider ! C'est Mario Balzic. Mario ! Cessez de gueuler une minute, et donnez-moi le numéro de votre maison !

Elle prit une profonde inspiration, suivie d'une violente quinte de toux et il lui fallut une bonne minute pour retrouver un semblant de contrôle.

— Dieu me pardonne, dit-elle. Mario, j'ai toujours connu votre mère... Dieu me pardonne.

— Mrs. Abbatta, vous penserez à Dieu plus tard, vous voulez bien ? Dites-moi vite à quel numéro vous habitez dans Pinewood Drive.

— Tout est de ma faute, ô Seigneur, murmura-t-elle. Puis elle se remit à sangloter et suffoqua en essayant de se retenir avant de bredouiller d'une voix étranglée, numéro quinze. Quinze, vous m'entendez ?

— Oui, oui, je vous entends. Maintenant, je vais raccrocher, Mrs. Abbatta. Allez retrouver votre fils, et restez près de lui. Vous serez secourue d'ici quelques minutes. Vous m'entendez ?

— Oui, j'entends. Merci, mon Dieu. Oh, merci, mon Dieu…

— C'est ça. Restez bien tranquille auprès de lui. Balzic enfonça une nouvelle fois le bouton qui coupait la communication avant de composer le numéro de la police d'Etat. Là, il demanda qu'on lui passe l'officier de garde.

— Lieutenant Poli, dit une voix après un moment.

— Ici Balzic, de Rocksburg. Poli, j'ai besoin de deux patrouilles, et ça urge.

— Sans blague. Maintenant et tout de suite ?

— Je ne rigole pas, Poli. On a déjà eu un meurtre cette nuit, et il y en a un deuxième dans l'air. Le suspect se trouve forcément par ici. Il me faut…

— Balzic, je n'ai pas ce qu'il te faut. Trois de mes gars sont portés malades – la grippe. J'ai reçu ordre de t'affecter une seule unité, c'est celle qui patrouille en ce moment du côté de Norwood Hill. Tu devrais en avoir une autre demain matin. Même pour te faire plaisir, je ne peux te donner personne d'ici là, pour la bonne raison qu'il n'y a personne de disponible.

— Très bien, Poli, merci quand même. Balzic raccrocha, s'appliqua un moment à repousser de petites peaux à la base de ses ongles, interpella Royer sans lever les yeux. Dis à toutes les unités mobiles de concentrer les recherches entre Westfield Township et Norwood. Je parierais à mille contre un que ce gros porc va rentrer chez lui et jouer les innocents. C'est tout à fait son genre.

Royer transmit le message et dit :

— Elle était en train d'appeler Police-Secours quand tu l'as coupée.

— Hein ? Qui ça ?

— Cette femme, Mrs. Abbatta. Elle avait déjà composé leur numéro. Le type qui reçoit les appels était bien content que tu lui aies fait dire son adresse vu que lui, il n'y était pas arrivé. Il m'a chargé de te remercier.

— Merci, Seigneur. J'aurai au moins fait une chose de bien.

— Eh, euh… Mario, qu'est-ce qui se passe ? Pourquoi tu as appelé cette Mrs. Abbatta ? Et pourquoi faire coffrer ce type, Nick Abbatta ?

— Oh, c'est une longue histoire. Longue et bien embrouillée. Disons, pour simplifier, qu'au départ, il y avait une loterie. Le genre de loterie qu'on organise quand on veut recueillir des fonds pour les bonnes œuvres. Les Anciens de la Légion, les Fils d'Italie, les Veuves de Guerre, les différentes églises, les clubs de culture physique connaissent bien le truc. La plupart du temps, on fait jouer les gens sur les résultats de la Bourse. Ces derniers temps, on a vu pas mal de joueurs gagner en pariant sur les trois dernières décimales de la situation des comptes du Trésor. …Regarde-moi ça : j'ai deux billets dans la poche, moi-même. L'un émis par les Veuves de Guerre, et l'autre qui m'a été vendu par Stramsky, pour l'Association des Polonais d'Amérique.

— Bon, dit Royer. Stramsky m'en a refilé un aussi. Mais ça ne me dit pas comment tu es arrivé à cette maison Abbatta ? Et je ne comprends toujours pas ce qui s'y est passé.

— Tullio l'a eu, voilà ce qui s'est passé, répondit Balzic en se levant pour s'étirer et lâcher un long soupir mi-rageur mi-dégoûté. Quel con je fais. Je savais qu'il y avait un coup comme ça quelque part, je le savais ! Et je ne voyais pas ce qui me crevait les yeux. Merde !… Je me doutais que ça pouvait mal tourner, mais pas à ce point… Oh, bon Dieu de bon Dieu de bon Dieu, tu vas voir le tintouin, demain, quand les journaux vont l'apprendre, et la télé… Il y a un journal, en tout cas, qui n'en fera pas sa une.

— Mario, dit Royer, j'ai peut-être laissé ma tête au vestiaire en même temps que ma casquette, mais je ne comprends toujours pas de quoi tu parles.

Balzic se dirigeait vers la porte. Il n'avait pas l'air pressé. Il savait que l'arrestation de Tullio, désormais, n'était plus qu'une affaire de temps, et que Tullio était fini. Il était peut-être, à cet instant même, en train d'enterrer sa batte de baseball ou de la découper en petits morceaux pour la brûler.

— Réfléchis un peu, Joe. Je suis certain que tu finiras par tout comprendre. Et tiens-toi en alerte. Que tout le monde reste mobilisé. Ce gros salopard ne peut pas aller très loin. Moi, je file à l'hôpital voir ce que je peux faire pour Mrs. Abbatta.

Balzic se rendit à l'hôpital sans faire usage de sa sirène ni de son girophare. Pour dépasser trois voitures, il n'en avait pas besoin. Et surtout, il ne tenait pas à ce qu'on sache qu'il était flic. Un idiot pareil. Un type censé tout savoir, et qui ne savait rien. Si les gens apprenaient à quel point il ne savait rien, ils l'étriperaient sur la place publique ! Ils iraient chercher des pierres et… oh, merde ! Qu'est-ce qui me prend, de penser des choses pareilles ? Bon Dieu. Tant qu'on ne connaît pas exactement les relations entre les gens, on ne peut rien comprendre à rien. On est un aveugle. Un nouveau-né. Il faut savoir qui connaît qui, qui possède quoi, qui désire quoi, qui est capable de faire quoi et pour combien… et si on ne sait pas tout ça, autant rester assis toute la journée à se compter les poils du nombril.

Un calme inhabituel régnait dans la salle d'attente du service des urgences quand Balzic y pénétra. Il pensait qu'une ambulance aurait eu le temps d'amener Nick Abbatta, mais vit au premier coup d'œil qu'une seule personne se trouvait là : un Noir entre deux âges, maigre comme un coucou, affalé sur une banquette près de la porte conduisant aux salles de soins. On voyait une large plaie au-dessus de son œil gauche, son œil droit tuméfié se réduisait à une fente minuscule, et sa lèvre supérieure, affreusement déchirée, faisait penser à une tranche de foie de bœuf. Il essayait de fumer, mais le papier de sa cigarette ne cessait de coller à sa lèvre, et lui de jurer dans sa barbe.

Balzic se dirigea sans hésiter vers le bureau des admissions, qu'il trouva désert. Ailleurs, dans un bureau voisin, on entendait quelqu'un parler au téléphone. Balzic poussa la porte menant aux salles de soins, et sentit aussitôt une présence sur ses talons : c'était le Noir au visage ensanglanté.

— C'est pas vous le chef de la police ?

— En effet. Je peux vous être utile à quelque chose ?

— Le mieux serait de m'arrêter.

— Ah ? Et pourquoi ?

— Parce que je viens d'en mettre une à ma bonne femme dont elle ne se relèvera pas de sitôt.

Balzic soupira. Il voulait répondre, non, pas tout de suite, laissez-moi tranquille, une autre fois peut-être, j'ai assez de gens sur les bras comme ça, mais il n'en fit rien. Il dit :

— Elle n'est pas ici ? Vous pensez qu'elle va porter plainte contre vous ?

— Elle n'est pas là. Elle est chez elle, répondit le Noir. On verra bien, si elle porte plainte. Moi, tout ce que je sais, c'est qu'elle m'est tombée dessus avec une casserole quand je suis arrivé à la maison, sans un mot d'explication, et qu'elle voulait m'arracher la tête.

— Et vous, vous l'avez battue ?

— Pas tout de suite. J'ai attendu qu'elle s'endorme. Et alors je lui ai mis la raclée de sa vie.

— Seigneur. Vous l'avez tuée ?

— Oh ça, non. Je l'ai pas tuée. Cette femme-là, elle a un moteur dans la langue. Et le moteur marchait encore quand j'ai quitté la maison.

— Ce qui, d'après vous, indique qu'elle vivait encore ?

— Ma foi, j'ai jamais entendu causer les morts jusqu'à présent. Et vous ?

— Merde, vous ne pouviez pas faire ça un autre jour, dit Balzic qui le regretta aussitôt.

— Dites donc, je ne vous ai rien demandé, moi. Je vous informe, et vous faites ce que vous voulez. Si vous ne voulez rien faire, très bien. Je retourne m'asseoir et j'attendrai que ces messieurs viennent me recoudre – quand ils auront le temps.

— Vous voulez mon avis ? C'est une excellente idée. Si elle porte plainte, je vous arrêterai avec plaisir. Ça vous va ?

— Ça me va, dit le Noir en se retournant pour regagner sa banquette. Il fit deux pas, puis : dites donc, vous n'auriez pas par hasard une cigarette à bout filtre ? Ce papier se colle à ma lèvre.

— Il y a un distributeur automatique, là-bas, dit Balzic en montrant du doigt la direction. Mais il vit dans le regard de l'homme que celui-ci était sans argent. Il gratta le fond de ses poches et y trouva assez de monnaie pour payer une cartouche. L'homme prit les pièces sans lever les yeux.

— Je vous rendrai ça demain matin, dit-il.

— Inutile, dit Balzic. Rendez-le-moi en ne battant plus jamais votre femme.

— Oh, c'est pas ma femme ! Ça, c'est une chose que j'ai appris depuis longtemps, on n'épouse pas une femme ! A la seconde où vous devenez son mari, vous avez la loi contre vous. Du moment qu'elle est votre femme, elle a le droit de vous mettre dehors, de vous envoyer en prison ou dans un asile de fous, de prendre votre argent, vos vêtements, votre voiture… c'est incroyable tout ce qu'elle peut vous faire, c'est vraiment terrible ! Et vous, vous n'avez que le droit de la fermer ! L'homme s'éloigna vers le distributeur de cigarettes, secouant la tête et répétant : C'est pas ma femme. Aucune femme n'est ma femme. Ma maman n'a pas élevé un imbécile…

Puis Balzic entendit au-dehors le remue-ménage causé par l'arrivée d'une ambulance. Il n'alla même pas jeter un coup d'œil à la porte car il connaissait la compétence de l'équipe médicale et savait qu'il n'avait rien de mieux à faire que de se tenir tranquille.

La porte du hall s'ouvrit à deux battants pour laisser entrer les brancardiers qui passèrent près de lui, courbés sous la charge, et se dirigèrent vers les salles de soins.

Un coup d'œil au visage d'Abbatta suffit à renseigner Balzic sur son état. Si l'homme était encore en vie, il le devait aux efforts d'une équipe de réanimation agissant par conscience professionnelle plus que par espoir véritable.

Même Balzic sentit son estomac se rétracter et un grand froid envahir sa poitrine. Puis il vit Mrs. Abbatta qui poussait assez rudement devant elle sa fille Rosalie pour lui faire franchir le seuil. Rosalie bredouillait par-dessus son épaule, à l'adresse de sa mère, des mots incompréhensibles. Mrs. Abbatta, sans y prêter la moindre attention, mit ses deux mains sur les épaules de sa fille pour la propulser dans le hall d'une ultime et violente poussée. Puis, comme Rosalie s'immobilisait à la vue de Balzic, elle cria :

— Avance, mais avance donc, idiote ! Balzic se précipita vers elles, les bras tendus. Mrs. Abbatta s'y laissa tomber pour sangloter contre sa poitrine. Rosalie s'éloigna de sa démarche maladroite vers la banquette sur laquelle elle se jeta plutôt qu'elle ne s'assit, en laissant rebondir ses jambes. Puis elle enfonça dans sa bouche quatre doigts de sa main droite et se mit à pleurnicher. Tais-toi donc, toi ! aboya Mrs. Abbatta vers sa fille. Tout est de ma faute, Dieu me pardonne. Mais toi… toi, espèce d'idiote !

— Du calme, Mrs. Abbatta, dit Balzic. Du calme.

— Oh, que non ! répondit-elle. Je ne peux pas être calme cette fois. Pas avec elle ! C'est elle qui devrait être là-dedans, et non mon Nicky !

Balzic sentait que s'il n'avait pas retenu Mrs. Abbatta par les épaules, elle se serait jetée sur sa fille. Rosalie était maintenant affalée sur la banquette, un pied par-dessus l'autre, et essayait d'introduire dans sa bouche tous les doigts de ses deux mains à la fois. Ses joues étaient baignées de larmes et de la morve lui coulait du nez en faisant des bulles à chaque reniflement.

Balzic voulut entraîner Mrs. Abbatta vers un fauteuil, mais elle lui résista. Elle répétait inlassablement :

— Je veux être près de mon Nicky ! et il avait toutes les peines du monde à l'empêcher de s'élancer vers les salles de soins.

— Asseyez-vous, Mrs. Abbatta. Je vous en prie.

— M'asseoir ? Mais pourquoi ? Je veux faire quelque chose !

— Croyez-moi, Mrs. Abbatta, vous seriez dans leurs jambes et vous les gêneriez. Ces gens savent ce qu'ils font. Votre Nicky est en de bonnes mains. C'était un mensonge charitable, mais un mensonge tout de même, et au regard qu'elle lui lança pour toute réponse, il vit qu'elle n'était pas dupe. Puis elle parut s'effondrer, se couvrit le visage de ses mains et se laissa conduire jusqu'à un fauteuil. Là, elle se mit à parler en italien, mais si vite et d'une voix si basse que Balzic avait beaucoup de mal à la suivre. Il comprenait qu'il était question de sa fille et du fardeau que Dieu lui avait donné à porter en ce monde. Puis elle disait qu'elle avait tout enduré jusqu'ici, mais que cette fois, c'était trop. Désormais, elle était décidée à ne plus se laisser faire. Elle ne voulait plus de cette responsabilité. Elle était fautive, Dieu savait qu'elle était fautive. Mais Rosalie l'était tout autant qu'elle. Mrs. Abbatta, vous ne pensez pas ce que vous dites.

— A quel sujet ? demanda-t-elle en retrouvant brusquement son anglais. Au sujet de ma fille ? Ses yeux lançaient des éclairs en direction de

Rosalie qui continuait à pleurer sur sa banquette en se suçant les doigts. Bien sûr que je le pense ! Dieu m'est témoin. Et s'il me pardonne pour Nicky, alors il me pardonnera aussi pour elle.

— Dites donc, qu'est-ce qui se passe ici ? C'était à moi !

L'homme à la lèvre fendue revenait du distributeur de cigarettes, l'air furibard.

— Chacun passera à son tour, dit Balzic en posant une main sur l'épaule de Mrs. Abbatta.

— Ça alors ! dit l'homme. La garce ! C'est toujours la même chose, hein ? Suffit qu'un homme blanc s'amène, et…

— Asseyez-vous, et fermez-la. Vous ne savez rien, et vous dites n'importe quoi.

— Je n'ai pas d'ordres à recevoir de vous, et j'irai m'asseoir si je veux. Ah, mais !

— Tu peux bien te pendre par les pieds si ça te fait plaisir, dit Balzic en marchant sur lui, mais maintenant tu vas te taire.

L'homme grogna, tourna les talons, regarda Rosalie et lui dit d'une voix redevenue calme :

— Tu vois, petite, tu vois comment c'est avec eux ? Ça ne date pas d'hier, tu sais. Pour peu que le mec soit noir et que la fille soit moche, ce sera toujours eux les derniers servis ! Balzic avait une furieuse envie de lui mettre son poing dans la figure, mais il vit soudain que les paroles de l'homme, curieusement, semblaient produire un effet apaisant sur Rosalie. Elle avait retiré ses doigts de sa bouche et les essuyait à sa robe. Puis elle renifla et leva les yeux vers l'homme comme pour l'inviter à continuer – mais, à l'évidence, ce n'était pas le sens des mots qui l'intéressait. L'homme fit quelques pas pour venir se planter en face de Rosalie. Tu ferais bien de te moucher, petite. Dans l'état où tu es déjà, c'est pas la peine d'en rajouter. Puis il s'éloigna soudain, disparut presque entièrement derrière le comptoir des admissions sans cesser de hocher la tête comme s'il cherchait quelque chose, et revint avec une boîte de mouchoirs en papier qu'il tendit à Rosalie. Tiens, essuie-toi la figure. T'as une vraie tête d'Armée du Salut.

Sans hésiter une seconde, Rosalie prit la boîte, dit "Merci beaucoup", essuya ses joues et se moucha le nez. Puis elle leva de nouveau les yeux vers l'homme et gloussa gentiment, sa grosse poitrine se soulevant de plaisir et de gratitude.

Balzic se tourna vers Mrs. Abbatta qui regardait la scène, les lèvres serrées.

— Vous avez vu comment elle est ? fit-elle d'une voix sifflante. Vous avez vu son manège ? N'importe qui, du moment qu'on lui parle gentiment... Elle repassa brusquement à l'italien et Balzic, au passage, reconnut le mot de "nègre". Puis, toujours dans la langue de ses ancêtres, elle dit : Frankie aussi était un nègre.

Balzic vint prestement s'asseoir sur l'accoudoir de son fauteuil.

— Que disiez-vous ?

Elle répéta, toujours en italien,

— Frankie, c'était la même chose. Un nègre.

— Mrs. Abbatta, de quoi parlez-vous exactement ?

— De tous, c'est moi la pire, dit-elle, en italien, mais assez lentement pour être comprise de Balzic. Sans moi, sans mon accord, on n'en serait pas arrivé là. Alors, de quel droit les blâmer, elle ou Frankie ? Qui suis-je, moi-même ? Je suis le vrai nègre de cette histoire !

Il s'apprêtait à répondre quand l'équipe des ambulanciers, qui retournaient à leur véhicule, fit irruption dans le hall. L'un d'eux adressa un signe à Balzic qui se hâta de le rattraper et tendit l'oreille pour entendre l'homme lui dire à voix basse :

— Il faudrait appeler un prêtre. Le cœur est en train de lâcher.

Balzic se fouilla les poches en jurant, à la recherche d'une pièce pour téléphoner. Puis il alla derrière le comptoir des admissions, trouva un téléphone et appuya sur les boutons jusqu'à obtenir la tonalité. Il composa le numéro du presbytère de St. Malachy.

Le père Marrazo décrocha dès la deuxième sonnerie. Il avait la voix de quelqu'un qui a bu pour dormir et n'a réussi qu'à se rendre pompette.

— C'est Mario, mon père. J'appelle de l'hôpital. On vient d'amener Nick Abbatta, et il a besoin de vous tout de suite.

— Donnez-moi cinq minutes, il faut que je vous parle, dit le prêtre. Et puis, non. On se verra à l'hôpital. J'arrive.

Balzic raccrocha et fila dans le couloir pour demander aux infirmières si l'ambulancier n'avait pas été exagérément pessimiste. Il reçut pour toute réponse un sombre haussement d'épaules qui le dissuada d'insister. Il aurait pu se dispenser de demander. Il savait, depuis qu'il avait vu le visage d'Abbatta.

Il pivota lentement sur lui-même et parcourut le couloir en sens inverse, le plus lentement possible, avec l'envie de défoncer les cloisons à grands coups de pieds. Puis, comme il atteignait la porte, il tressaillit en entendant, de l'autre côté, les éclats d'une dispute dans le hall d'entrée.

Le Noir au visage tuméfié était cramponné à un bras de Mrs. Abbatta, qu'il essayait de tirer à lui pour l'éloigner de sa fille. Mrs. Abbatta, en dépit de son âge et de sa corpulence, arrivait encore à se pencher suffisamment pour, de son bras tendu, frapper Rosalie au visage, mais ne pouvait se saisir d'elle comme elle l'aurait voulu tandis que Rosalie, tassée à l'angle de la banquette, hurlait à la mort et suppliait sa mère d'arrêter.

Balzic passa derrière Mrs. Abbatta et la saisit à bras-le-corps.

— Pour l'amour du ciel, Mrs. Abbatta, laissez-la tranquille. Elle n'est pas responsable. Allons, laissez-la. Calmez-vous.

— Ah, vous croyez ? Mrs. Abbatta se contorsionnait, non pour échapper à Balzic mais pour chercher son regard. Qui croyez-vous qui a tout dit à Frankie ? Elle, bien sûr ! Cette crétine ! Elle se laissa soudain aller contre Balzic, secouée de sanglots. Mon Dieu, mon Dieu... qu'ai-je fait ?...

Balzic l'aida à traverser le hall et la poussa en douceur sur une banquette.

— Pourquoi ne pas vous étendre quelques minutes, Mrs. Abbatta ? Essayez donc.

Elle secoua violemment la tête, puis, les paupières serrées et les paumes de ses mains pressées l'une contre l'autre, elle se remit à parler à toute vitesse. Balzic mit un moment à comprendre son italien.

— ... Reçois ma promesse, ô bienheureux saint Jude, d'être à jamais reconnaissante de ce que tu as fait pour moi. J'honorerai désormais en toi mon saint patron, et ferai tout ce qui sera en mon pouvoir pour servir ta gloire. Amen.

Balzic s'était accroupi devant elle sans cesser de lui tenir les épaules, mais il dut se relever pour lutter contre les crampes qui lui nouaient les muscles des cuisses.

Mrs. Abbatta s'était remise à prier, d'une voix à peine audible, chuchotante, les mains toujours pressées contre ses paupières. Elle se tut à l'arrivée du père Marrazo, mais ne leva même pas les yeux pour savoir qui se ruait ainsi dans le hall.

Le prêtre les aperçut et, sans ralentir le pas, salua Balzic d'un petit signe de la main. Il revint cinq minutes plus tard en hochant la tête. Balzic ne se souvenait pas d'avoir vu, dans ses yeux, un tel désespoir.

Mrs. Abbatta le regarda à son tour, et se mit instantanément à gémir.

— Avez-vous reçu sa confession ? cria-t-elle.

Le prêtre fit oui de la tête mais, comme Mrs. Abbatta baissait les yeux dans une éphémère mimique de soulagement, il regarda Balzic et lui fit signe que non.

— Que pouvons-nous faire pour l'aider ? demanda le prêtre après une nouvelle et violente crise de désespoir de Mrs. Abbatta. Elle avait tant pleuré et crié qu'elle semblait au bord du collapsus.

— Conduisons-les chez moi, dit Balzic. Ma mère est parfaite dans ce genre de situations. Il jeta un coup d'œil en direction de Rosalie, toujours aplatie sur sa banquette. Le Noir était debout près d'elle, lui caressant la tête exactement comme il l'aurait fait à un petit chien. Le problème, continua Balzic en entraînant le prêtre un peu à l'écart, c'est qu'elle est vraiment très remontée contre sa fille. Je ne peux pas les emmener tout seul, et vous non plus. On va donc la faire asseoir devant, avec moi, et vous vous mettrez à l'arrière avec Rosalie. C'est le seul moyen d'éviter un pugilat en attendant que ma mère discute avec elle et lui mette un peu de plomb dans la tête – si c'est encore possible.

— Eh bien, allons-y, dit le père Marrazo.

— Une seconde. J'ai encore une chose à faire. Balzic avait pris l'homme par un bras et celui-ci jurait en se débattant pour lui échapper, mais il ne relâcha pas sa prise. Ils se dirigèrent vers les salles de soins et Balzic interpella la première infirmière qui se présentait. Voulez-vous prendre soin de cet homme ? Il a attendu longtemps, et il a fait preuve de beaucoup de patience. S'il n'est pas assuré, faites envoyer la facture au commissariat de police de Rocksburg – d'accord ?

L'infirmière, étonnée, finit par opiner de la tête et pointa le doigt vers une salle en invitant l'homme à la suivre. Celui-ci se gratta la tête et la secoua longuement avec l'air de celui qui voudrait bien trouver quelque chose à dire et sait déjà qu'il regrettera, plus tard, de n'avoir rien trouvé.

Balzic le quitta sans un mot et revint dans le hall, où il lui fallut encore un certain temps, avec l'aide du prêtre, pour convaincre Mrs. Abbatta qu'il n'y avait pas pour elle, à cet instant, de meilleur refuge qu'une maison amie. Elle ne cessait de répéter qu'elle voulait être près de Nicky, puis elle se mit à réclamer sa maison. Balzic et le père Marrazo finirent par installer les deux femmes dans la voiture, et Balzic fonça chez lui aussi vite qu'il pouvait se le permettre.

Il n'eut pas à réveiller sa mère ; elle était restée dans la cuisine depuis le coup de téléphone. Et quand elle vit entrer Balzic avec Mrs. Abbatta et Rosalie, elle parut comprendre tout de suite ce qui se passait. Elle prit Mrs. Abbatta dans ses bras et se mit à lui parler doucement, sans demander d'explications, comme si elle avait lu sur leurs visages.

Balzic se détendit. Il savait que nul ne serait capable, mieux que sa mère, de raisonner Mrs. Abbatta et de la ramener à de meilleurs sentiments envers sa fille. Il savait aussi que Ruth et les filles allaient d'une seconde à l'autre venir à la rescousse. Ruth apparut.

— Mario, qu'est-ce qui se passe ?

— Dans la cuisine. Mrs. Abbatta et Rosalie. Nick est mort.

— Oh mon Dieu ! Comment ?

— Je te raconterai tout ça plus tard. Tu peux donner un coup de main à ma mère ? Moi, je dois repartir.

— Vraiment !... dit-elle. Et elle se précipita vers la cuisine sans un mot de plus pour son mari.

Balzic était en train de faire jouer le verrou de la porte d'entrée pour s'assurer de sa solidité quand sa radio de bord se mit à crachoter. Il dégringola les marches deux par deux, évita d'un bond le père Marrazo et décrocha.

— Balzic. Qu'est-ce qu'il y a, Joe ?

— Tullio est chez lui, Mario, dit le sergent Joe Royer.

— Tu as bien dit, chez lui ? Ils l'ont laissé arriver jusque chez lui ? Est-ce que quelqu'un a établi le contact avec lui ?

— Oui. Stramsky.

— Dis-lui que personne ne bouge. J'arrive. Balzic laissa tomber le micro sur le siège du passager, mit le contact et enclencha la première. Mais à l'instant de lever le pied, il vit le prêtre toujours planté en haut des marches. Qu'est-ce que vous faites, Anthony ? Vous allez où ? Votre voiture est restée à l'hôpital, montez donc.

Le prêtre secoua la tête d'un air pensif, puis descendit vivement les marches, contourna la voiture par l'avant et s'installa à côté de Balzic. Sa portière n'avait pas encore claqué que celui-ci, déjà, enfonçait l'accélérateur, le précipitant sur le tableau de bord.

— Du calme, Mario. Du calme. Il ne cherchera pas à s'échapper.

— En effet. Si je me dépêche, c'est pour arriver avant qu'un de mes hommes ne s'avise de jouer les héros.

Les quatre miles qui les séparaient de Norwood Hill furent franchis en moins de trois minutes. Le père Marrazo, en descendant de voiture, fit un discret signe de croix.

Les quatre unités mobiles de Balzic étaient là, les projecteurs braqués sur la maison des Manditti, ainsi qu'une patrouille de la police d'Etat et une autre composée d'inspecteurs du comté. Les hommes vinrent à sa rencontre.

— Alors, Vic ?

— Eh bien, tout le monde est en place pour le quadrille. Il y a deux types derrière la maison, deux de chaque côté, et nous, que tu vois devant toi.

— Il est ici depuis combien de temps ?

— Le type de la police d'Etat a prévenu Fischetti il y a environ vingt minutes, et Fischetti m'a appelé tout de suite. Mais sur le moment, c'était un vrai bordel à cause de ces radios de malheur. Elles recommencent à déconner. Par moments on ne peut que recevoir, et à d'autres moments on ne peut plus qu'émettre. Celle de ma voiture est complètement foutue. Il faut que le conseil nous vote un crédit, Mario. On ne peut pas continuer dans ces conditions. Quelqu'un pourrait bien, nom de Dieu…

Balzic leva les deux mains.

— Je suis au courant pour les radios, Vic. Mais voyons les choses dans l'ordre, si tu veux bien. Donc, il est arrivé ici comment ?

— Pas en voiture, ça, c'est certain. Il a dû passez par derrière, en escaladant la colline. Il aurait pu avoir une attaque.

— Qui a parlé avec lui ?

— Moi, et c'est tout. Je ne sais pas si le type qui l'a repéré lui a dit quelque chose – je ne crois pas.

— Il t'a répondu ?

— Oui. Qu'on lui fiche la paix si on ne voulait pas qu'il s'énerve.

— Il ne veut pas s'énerver, le pauvre chéri ?

Stramsky haussa les épaules.

— Je te répète ce qu'il a dit, Mario.

— Bien. Passe-moi le porte-voix. Balzic prit l'objet que lui tendait Stramsky et s'avança dans l'allée qui menait à l'entrée principale de la maison. Tullio ? Tu m'entends ? Pas de réponse. Tullio, il se fait tard, tout le monde est fatigué, nous avons parcouru la moitié du chemin, et je crois que nous avons déjà fait beaucoup trop de bruit avec tout ça, et réveillé beaucoup trop de monde. Il y a par ici des personnes âgées et des mômes, qui ont besoin de dormir, et moi, je ne suis pas décidé à me laisser emmerder. Vu ? Alors, bouge ton cul de là-dedans. Vite ! Il se retourna vers Stramsky pour lui tendre les clefs de sa voiture. Vide mon réservoir. Je ne veux pas prendre de risque avec ce tordu. Pas le plus petit risque.

Une fenêtre s'entrouvrit en grinçant, à gauche de la porte.

— Eh, Balzic, c'est pour qui, cette blague ? dit la voix de Tullio derrière le volet. Qu'est-ce que vous voulez ? Qu'est-ce que vous foutez là, à gueuler des histoires de vieillards et de gamins ? C'est quoi, ces illuminations ? Vous m'avez entendu faire du bruit, moi ? C'est pas moi qui réveille les gens ! Dites à tous ces guignols d'aller se coucher, c'est pas une heure pour les enfants !

— Attention, Tullio. Attention, si tu me cherches. Je te le dis encore une fois. Si tu n'es pas sorti dans les cinq secondes, on déclenche le feu d'artifice !

Tullio émit un long grognement avant de claquer le volet. Et quatre secondes plus tard il apparaissait dans l'encadrement de la porte, les avant-bras levés pour se protéger les yeux, dans le faisceau des projecteurs.

— Eteignez, merde ! Qu'est-ce que ça veut dire, Balzic ? Pourquoi vous me faites ça ? Je vous ai déjà fait quelque chose, moi ?

— Ferme-la, tourne-toi et mets tes mains contre le mur.

— Mes mains contre le mur... C'est pas vrai ! Eteignez ces lumières, que je puisse voir ce que je fais.

— Va lui passer les menottes, Vic, avant que j'y aille moi-même et que je le mette en bouillie.

Déjà, Stramsky et le type de la police d'Etat fonçaient tête baissée sur Tullio, lui passaient les menottes et le fouillaient après l'avoir fait retourner, le front au mur.

— Grouillez-vous, merde ! criait Tullio. Ça me fait mal à la tête. J'ai quelques kilos à porter, au cas où vous seriez pas au courant !

— Ça va, il n'a rien, lança Stramsky à l'adresse de Balzic qui s'était adossé à la portière d'une des voitures de patrouille pour suivre les opérations. Le père Marrazo, à côté de lui, se mit à fouiller ses poches à la recherche d'un paquet de cigarettes.

— Il y en a dans la boîte à gants, mon père. Balzic fit un pas vers le perron. Dis-lui quels sont ses droits, Vic, et dis-le assez fort pour que le représentant de la police d'Etat t'entende.

Le père Marrazo avait récupéré les cigarettes dans la voiture et ouvrait le paquet à la lueur des phares. A ce moment, Stramsky et le type de la police d'Etat, tenant chacun Tullio par un bras, vinrent s'immobiliser devant Balzic.

Tullio s'était montré jusque-là assez paisible – tout en continuant à se plaindre des projecteurs qui l'aveuglaient –, mais il se transforma en une bête sauvage, hurlant, jurant, se débattant, lançant des coups de pied et des coups de poing dans toutes les directions, à la seconde où il aperçut le père Marrazo. Il secouait ses épaules monumentales, soulevant de terre l'un après l'autre les deux policiers dans un effort désespéré pour atteindre le prêtre.

— Fumiers de curés ! Qu'est-ce que vous foutez là, encore ! Sales voleurs ! Y'a pas pires voleurs que vous ! L'argent de la quête, ça vous suffit pas, il vous faut encore monter des coups, bande de salopards !

— Fais-le taire ! dit Balzic à l'un de ses hommes. Celui-ci vint se placer devant le groupe au milieu duquel se débattait Tullio et, après avoir bien visé, lui appliqua au milieu du front un rapide coup de matraque – juste ce qu'il fallait pour le ramener au calme. Avance, Tullio, dit Balzic. Ou bien c'est moi qui vais prendre cette matraque pour te casser la tête. Tu m'entends, connard ?

— Je vous entends, je vous entends, nom de Dieu ! Pourquoi vous me traitez comme ça, les gars ? Je ne faisais rien de mal !

— On se demande ce que c'est, quand tu fais quelque chose, lâcha Stramsky en reprenant difficilement son souffle.

— Tout ce que je veux, c'est le respect de mes droits. Voilà ce que je fais, demander qu'on respecte mes droits. Comme tout citoyen… N'est-ce pas, Balzic ?… Et ce curé, qu'est-ce qu'il fout là ? Y'a du mariage dans l'air, ou quoi ? Tullio Manditti, menottes aux mains, continuait de crâner.

Balzic savait maintenant avec certitude qui il aurait réellement voulu tuer à coups de batte de base-ball. La réaction de Tullio à la présence de Marrazo avait levé ses derniers doutes. Et le regard qu'il maintenait fixé sur le prêtre tout en continuant ses fanfaronnades exprimait le désir de meurtre à l'état brut.

Le débat a dû être rude pour lui, se dit Balzic, qui avait du mal, toutefois, à imaginer Tullio aux prises avec sa conscience. Et pourtant, la situation était telle que même un Tullio, pour la première fois de sa vie peut-être, avait dû avoir à débattre en lui-même pour décider qui il allait châtier après avoir eu Frank Dulia. Et Balzic se demanda de quel poids avait pu être, dans le débat en question, la pensée de toutes ces femmes… "Bah, songea Balzic, à quoi bon se poser des questions pareilles. Je pourrais l'interroger là-dessus jusqu'au jour de ma retraite sans obtenir de réponse."

— Je veux un avocat, Balzic, dit Tullio, les yeux toujours fixés sur le prêtre.

— T'en fais pas, tu vas en voir, des avocats.

— Vous m'avez très bien compris. Je veux mon avocat.

— Mais bien sûr, Tullio. Je suis certain que Muscotti t'offrira ce qui se fait de mieux.

— Eh bien, dit Tullio d'un air dégoûté, si vous en êtes certain, c'est parfait.

Balzic fit demi-tour et se dirigea vers sa voiture.

— Mets-le en état d'arrestation, Vic. Et attention, fais-moi ça dans les règles. S'agit pas de laisser ce clown nous échapper pour une erreur de paperasse. Stramsky opina de la tête avant de s'éloigner vers le fourgon de la police d'Etat avec Tullio et l'autre policier. Que quelqu'un ferme cette baraque, dit Balzic. Je ne veux pas que ces braves gens aient quoi que ce soit à me reprocher, ajouta-t-il à la cantonade… Bon. On rentre. Tout le monde à la maison, et pensez aux mille choses que vous allez pouvoir faire avec tout ce temps devant vous, tout ce temps libre…

En route pour l'hôpital où le père Marrazo devait récupérer sa voiture, Balzic se tourna vers le prêtre.

— Alors, mon père. Lequel de nous deux raconte l'histoire à l'autre ?

— A quoi bon, Mario, si nous la connaissons tous les deux ? De toute façon, nous aurons à nous expliquer, l'un et l'autre, devant des personnes différentes.

— Ma foi, mon père, je me disais... c'est peut-être entre nous qu'il faudrait clarifier les choses, non ?

Le prêtre secoua lentement la tête.

— C'est un affreux merdier, Mario. Nous aurons beau parler, nous n'y changerons rien.

— Je sais bien que c'est un merdier. Mais il y a une chose que je n'arrive pas à concevoir. C'est ce qui a pu pousser Sabatine là-dedans. Tout de même... Falsifier le chiffre des comptes du Trésor... Après ce que vous m'aviez dit de lui... A croire que je n'avais rien compris. Mais je ne comprendrais pas mieux si vous me racontiez encore une fois toute l'histoire. Tout de même, mon père. Tout de même, il était plus malin que ça.

— Que veux-tu que je te dise ? La voix de Marrazo était chargée de tristesse. Il l'a fait, et voilà tout. Et, à ce que je sais, il se pourrait que l'idée, même, soit venue de lui. A moins que ce ne soit de Mrs. Tuzzi. Mais ce n'est qu'une impression. Pour le moment, elle n'est pas en état de me dire quoi que ce soit. Peu importe, d'ailleurs, qui a eu l'idée ou qui a parlé à qui. Une chose est certaine, c'est que Sabatine pouvait tout arrêter d'un mot.

— Et il ne l'a pas fait. Pourquoi, bon Dieu ? demanda Balzic en frappant de la main sur son volant.

— Tu as une cigarette ?

— Vous n'avez pas gardé le paquet qui se trouvait dans la boîte à gants ? Ça ne fait rien, tenez, dit Balzic en lui tendant un paquet déjà bien aplati récupéré derrière le pare-soleil.

— Il n'en reste qu'une, Mario. Je ne veux pas t'en priver.

— J'en achèterai en arrivant à l'hôpital.

— Tu veux dire que je peux prendre celle-ci ?

— Moi je veux bien, Anthony. Mais… où sont passées celles qui étaient dans la boîte à gants ? Vous les avez perdues, ou quoi ? Balzic jeta un coup d'œil au prêtre. Oh, d'ailleurs, je m'en fiche. Ne me dites rien. Je sens planer une homélie. Balzic attendait une réponse, mais le prêtre resta silencieux, tout à son plaisir de fumer en regardant défiler le paysage. Bon. Vous m'avez eu, Anthony. Je donne ma langue au chat. Quel est le message ?

— Oh, ce n'est pas une grande affaire, dit Marrazo. Tu possédais quelque chose dont, apparemment, j'avais besoin. Nous sommes amis. Tu me l'as donné.

— Vous êtes en train de m'expliquer comment Sabatine s'est embarqué dans cette histoire ? Balzic fit une grimace et poussa un soupir. Franchement, Anthony, quand on s'est vus il y a deux jours, à un moment où je nageais complètement, les choses étaient plus compliquées que ça, à vous entendre. Bien plus compliquées.

— Elles le sont, Mario. Mais disons que si on ne s'arrête pas aux détails, on arrive tout de même à ceci : quelqu'un possédait quelque chose dont quelqu'un d'autre avait besoin. Sais-tu que de toutes ces femmes, deux seulement disposent d'un revenu que je n'oserais même pas qualifier de décent ?… Est-ce qu'on t'a dit où se trouve en ce moment le fils de Mrs. Cafasso ? La veuve de Domenico ? C'était leur seul enfant. Sais-tu qu'il est aujourd'hui à Pittsburgh, à l'hôpital des Anciens Combattants, en cure de désintoxication ?

— Non, je ne le savais pas.

— Eh, oui… Et as-tu une idée de ce qui l'a conduit là-bas ? Pendant la dernière guerre, quand nos troupes ont débarqué sur les côtes de Normandie, il a été enrôlé dans une unité chargée de faire le compte des pertes humaines et d'enterrer les morts sur place. Il…

— Je sais comment ces choses-là se passaient, Anthony. On ramassait des morceaux et quand on avait quatre membres et une tête on mettait le tout dans un sac avec une étiquette.

— Je sais que tu sais… Ce que je voulais dire, c'est que depuis ce temps-là, depuis le jour où il a quitté l'armée, il n'a plus jamais dessaoulé. Il a eu quatre-vingt-dix pour cent d'invalidité et une pension en conséquence, mais tout ce qu'il touche, il le boit. Sa mère n'a jamais reçu un sou de lui. Quant à Domenico, son père, il est mort avec des poumons détruits par la poussière de charbon à une époque où les maladies professionnelles n'étaient pas reconnues… Je l'ai vue se nourrir avec des boîtes d'aliment pour les chiens. Tu te rends compte, Mario ? Des boîtes pour les chiens ! Et le cas de Mrs. Ruffola n'est guère plus brillant, poursuivit le père Marrazo. Son mari est parti des poumons lui aussi, exactement de la même façon que Domenico Cafasso. Leur unique fils a été tué à Salerne, tout près du village où ils étaient nés tous les deux. Est-ce qu'on t'a raconté que le père Ruffola a refusé l'argent du gouvernement pour la mort de son fils ? Il a viré de chez lui avec pertes et fracas le type qui venait lui apporter le chèque.

— Je m'en souviens, dit Balzic. Ma mère m'en avait parlé, à l'époque.

— Est-ce qu'elle t'a dit qu'après ce jour, il n'avait jamais plus mis les pieds hors de chez lui, qu'il avait refusé tout travail et qu'il était mort moins d'un an plus tard ? Est-ce qu'elle te l'a dit aussi ?

— Non. Mais j'en ai entendu parler.

— Est-ce que tu as entendu parler aussi des soixante-douze dollars de retraite que touche, chaque mois, Mrs. Ruffola, et avec lesquels elle est censée vivre ? Toi Mario, tu pourrais vivre avec soixante-douze dollars ?

— Mais enfin, Anthony, il y avait d'autres moyens, ils auraient pu imaginer autre chose ?...

— Bien sûr. On pourrait demander au pape de mettre la Sainte-Chapelle aux enchères. Il en tirerait de quoi dépanner pas mal de gens.

— Anthony. Ne le prenez pas sur ce ton.

— Et toi, alors ?... D'accord, je retire cette mauvaise plaisanterie. Pardonne-moi. Mais j'ai eu l'impression, brusquement, d'entendre parler un presbytérien.

Balzic négociait un virage après avoir freiné un peu brutalement. Il pivota sur lui-même pour regarder Marrazo.

— Bon Dieu, Anthony, soyons sérieux. Nous n'allons pas passer notre soirée à discuter de tous ceux qui n'ont pas assez d'argent et des vieilles dames malheureuses ? Des histoires comme celles-là, on pourrait en raconter des centaines. Ici, et ailleurs. Il y a toujours une mine ou une industrie quelconque, il y a toujours des veuves dont les maris n'ont jamais eu le temps de toucher un sou de la retraite pour laquelle ils avaient sué sang et eau, ou se sont fait dépouiller par des comptables et des notaires malhonnêtes. Vous m'avez parlé de deux femmes dans le besoin. Qui était la troisième ? Mrs. Tuzzi, la gouvernante de Sabatine ? Qu'est-ce qu'elle va devenir, maintenant ? Qui voudra encore l'employer ? A qui ira-t-elle demander du travail, quand cette histoire sera sortie ? A l'évêque, peut-être ? Et l'autre, celle que nous venons de laisser chez moi, vous pouvez me dire ce qu'elle va devenir ? D'ici un ou deux jours, vous serez rassuré quant à ses revenus. Je suis certain qu'Abbatta avait fait le nécessaire en matière d'assurance, et on sait que le syndicat des mineurs ne manque pas de moyens. Mais dites-moi, Anthony vous croyez qu'elle aura le cœur à faire la fête, avec l'argent de son assurance ? Après ce qui s'est passé ce soir ?

— Mario, je t'en prie, ne crie pas. Le père Marrazo abaissa la glace de sa portière pour jeter son mégot. J'essaye simplement de suggérer des motivations à des actes que je désapprouve autant que toi. Il faut bien reconnaître que s'il y a, pour un prêtre, des limites à ne pas dépasser, il les avait franchies depuis longtemps. Mais il me semble qu'on doit au moins lui accorder certaines circonstances atténuantes. On doit reconnaître qu'il n'a agi que par altruisme, parce qu'il espérait secourir de pauvres vieilles qui en avaient grand besoin, et…

— Il en a tout de même profité, au passage, pour accélérer le remboursement de l'emprunt. Vous l'oubliez un peu vite.

— Je n'oublie rien du tout, Mario, dit le prêtre sèchement. Mais cet homme savait ses jours comptés, et qui peut dire ce qui s'est passé dans sa tête ? Je ne suis certain que d'une chose, c'est que jamais, au grand jamais, il n'a imaginé ce qui allait arriver.

— Qu'est-ce que vous me chantez là, Anthony ? Vous savez bien que tout se paye, toujours. Avec de l'argent, ou du temps, ou de la sueur et quelquefois du sang, on finit toujours par payer, et…

— Je sais, Mario, je sais, dit le prêtre en levant ses deux mains devant lui comme pour se protéger des mots.

— Laissez-moi finir, continua Balzic. Quand on monte un coup comme celui-là, quand on sort de la légalité, on entre dans un domaine où on ne pourra pas rester seul, et vous savez très bien ce que je veux dire. Les pros, en tout cas, le savent. Avant de se lancer ils ont déjà une idée des taxes qu'ils devront payer, et ils savent aussi, dans quatre-vingt-dix-neuf pour cent des cas, à qui ils devront les payer. Sabatine savait tout ça comme vous et moi. Alors, pourquoi ce travail d'amateur ? Pourquoi ne pas avoir monté une tombola, tout simplement, avec un pourcentage sur les gains pour toutes ces dames ? Un bingo ! Ce n'était pas assez bien pour lui ? D'aussi longtemps que je me souvienne je n'ai jamais vu un jeu dans son église. Ma mère n'y aurait plus mis les pieds, et ses amies non plus, ce qui, de proche en proche, lui aurait fait perdre au moins deux cents paroissiennes. Donc, pas de bingo. Mais pourquoi avoir monté un coup aussi tordu ? Il avait donc des yeux et il ne voyait pas ? Vous savez qui a fini par cracher le morceau ? Rosalie, cette pauvre idiote ! C'est elle qui a tout raconté à Frank Dulia. Elle avait deviné, elle, avec sa cervelle pas plus grosse qu'un petit pois !

— Mario, ça ne sert à rien de crier comme ça.

— Mais enfin, Anthony, deux hommes sont... oh, merde. Je suis désolé. Je suis désolé pour tout le monde.

— Tu es désolé, reprit le prêtre avec un petit rire triste et plein d'amertume. Et moi, donc ! Qu'est-ce que je vais dire à l'évêque ? Et à Sabatine ? Il ne sait encore rien, à l'heure qu'il est.

— Je n'en ai pas la moindre idée, dit Balzic. Mais nous ferions peut-être mieux d'arrêter cette discussion pour le moment. Elle tourne à l'aigre.

— Là, je suis d'accord, dit le prêtre. Mais je voudrais te poser une dernière question, puis nous n'en parlerons plus. Comment as-tu deviné, pour Sabatine ?

— Moi ? J'ai tout compris quand Tullio vous a vu et qu'il s'est mis à hurler. Ma mère m'avait déjà parlé de ces femmes qui avaient gagné sept cents dollars chacune. Quelque chose m'intriguait à propos de cette somme, toujours la même, mais je ne savais trop qu'en penser, jusqu'au moment où vous m'avez parlé des remboursements anticipés opérés par Sabatine auprès de sa banque. Et même à ce moment-là, je n'ai pas vraiment fait le rapprochement. Puis ma mère, ce soir, m'a appris que Frank Dulia était le neveu de Mrs. Abbatta. J'en étais toujours à essayer de comprendre ce que Dulia avait dit à Tullio entre deux coups de batte.

— C'était quoi ?

— Il lui disait que, quel que soit son pari, il ne devait pas perdre. Quelqu'un avait donc monté un pari truqué. Et malgré ça, j'étais dans une confusion totale jusqu'au moment où je vous ai vu en présence de Tullio, et où j'ai vu sa réaction. C'est alors que je me suis dit, tiens-tiens, nous voici avec un prêtre, cinq vieilles dames, un linotypiste employé dans le seul journal de la ville qui publie chaque jour la situation des comptes du Trésor, et un millier de billets à deux dollars pièce. Quel rapport peut-on espérer sur ces billets : quinze cents dollars ? Quatorze cents si celui qui les écoule se montre gourmand. Vous savez mieux que moi ce que peut être la tentation. On arrive donc à un rapport de sept cents pour un, peut-être sept cent cinquante, ce qui est tout de même autre chose que les cinq dollars quarante qu'on peut habituellement espérer. Restent donc, si les vieilles dames touchent sept cents, mille trois cents dollars. Enlevez-en dix pour l'impression des tickets, et il vous en reste mille deux cent quatre-vingt-dix. C'est bien la somme que, d'après ce que vous m'avez dit, Sabatine remboursait chaque mois à sa banque. Tout a marché comme sur des roulettes, poursuivit Balzic, jusqu'au jour où Rosalie a tout raconté à Dulia. Lui qui se croyait malin ! Il pariait avec Manny, sur la balance des comptes du Trésor ! Je ne vois pas qui, à part Manny, aurait pu prendre ce genre de pari. Je ne connais pas un seul bookmaker susceptible de s'embarquer dans une telle combine. On ne joue pas avec ces choses-là. Balzic venait d'arrêter la voiture à un feu de circulation. Il bâilla et s'étira longuement. J'ai coincé Tullio. C'est la seule chose qui compte à mes yeux. Le reste vous regarde. Et croyez-moi, Anthony, je préfère être à ma place qu'à la vôtre.

— Mario... euh... est-ce que je te comprends bien ? Tu veux dire que tu vas laisser Sabatine tranquille ?

Balzic regarda le prêtre.

— Franchement, Anthony, par moment, vous me surprenez. Qu'est-ce que vous voulez, hein ?

Qu'est-ce que vous croyez ? Je sais très bien ce que j'aimerais faire à cet instant précis. J'aimerais filer chez Sabatine et lui botter le cul, cancer ou pas cancer ! Mais vous pensiez sérieusement que j'allais l'arrêter ? Et les bonnes femmes aussi ? Pour quel motif ? Fraude sur les jeux ? Mais qui a porté plainte jusqu'ici ? Non, non, Anthony. Ceci n'est plus mon affaire, c'est la vôtre. Et si j'étais vous, je me dépêcherais de passer ce bébé-là à votre cher évêque. Posez-le sur son bureau, et vous verrez bien comment il s'en débrouille. C'est tout ce qu'on vous demande, non ? Un rapport !

— Tout juste, dit le prêtre. Mais ce rapport-là, c'est bien la chose la plus pénible que j'aie jamais eue à faire.

Balzic venait de quitter la route pour entrer à petite vitesse dans le parking de l'hôpital.

— Eh bien, mon père, vous aurez deux messes à célébrer dans les prochains jours. Je vous souhaite bien du plaisir.

— Je te remercie. Mais Sabatine est toujours vivant.

Le père Marrazo avait déjà quitté la voiture de Balzic et se dirigeait vers la sienne quand il se retourna et revint sur ses pas.

— Qu'y a-t-il ? demanda Balzic.

— Tes cigarettes. Tiens. Le prêtre lui tendait le paquet.

— Vous ne voulez pas en garder quelques-unes ?

— Une seule. Je m'arrêterai pour en acheter. Muscotti doit encore être ouvert à cette heure-ci. Un verre de vin ne me fera pas de mal. Et pourquoi pas une petite partie de cartes.

— Très bien. Je vais peut-être y passer, moi aussi.

Balzic ne passa pas chez Muscotti ce soir-là. Il ne rentra pas chez lui non plus. Il n'avait plus la moindre envie de parler du père Sabatine avec le père Marrazo, et il savait bien que, s'ils se retrouvaient là-bas, ils reprendraient inévitablement leur discussion là où ils l'avaient laissée. Il savait aussi que s'il retournait chez lui, il lui faudrait affronter Mrs. Abbatta et Rosalie, chose dont il avait encore moins envie. Il ne tenait même pas à savoir si sa mère et Ruth s'étaient débrouillées toutes seules avec les deux femmes, ou si elles avaient dû appeler les filles en renfort.

Il erra sans but pendant une bonne heure à travers la ville avant de se diriger sur son commissariat. Il savait qu'il abandonnerait sa famille, ce soir, et il était résolu à le faire sans remords. Qu'on ne lui demande plus rien. Il ne désirait qu'une chose : s'étendre sur une banquette dans l'une des cellules et déboucher la flasque de bourbon qu'il gardait dans un tiroir de son bureau pour des moments comme celui-ci.

Il passa dans la salle de garde pour s'assurer auprès de Royer que la procédure d'inculpation de Tullio Manditti avaient été bouclée sans erreur et sans difficulté.

— Voilà les papiers, si tu veux les regarder, dit Royer.

— Tu les as lus, toi-même ? Royer fit oui de la tête. Tout est correct ?

— Oui, sauf erreur de ma part.

— Ils l'ont mis à la maison d'arrêt du comté ?

— Oui. Les types sont venus le chercher.

— A combien est fixée la caution ?

— Cent mille.

— Parfait. Autant dire qu'il y restera jusqu'à son procès. Je ne vois pas qui, parmi ses connaissances, pourrait avancer ne serait-ce que dix pour cent de cette somme. Parfait. Voilà une affaire qui marche. On a le coupable, on a le mobile, on a un témoin et…

— Un témoin ? Qui ? Je ne savais pas qu'on avait un témoin ?

— Je ne te l'avais pas dit ? Eh oui, mon vieux. Le type s'appelle Harsha. C'est le voisin immédiat des Dulia. Il a tout vu de sa cuisine, c'est-à-dire d'une distance de vingt-cinq à trente pieds, en terrain dégagé. On ne peut pas rêver mieux. Balzic se gratta la poitrine, tira sur son caleçon pour libérer ses parties et fila vers son bureau, d'où il revint presque aussitôt, sa flasque de bourbon à la main, en désignant la porte qui donnait sur une rangée de cellules. Il n'y a personne là-dedans ?

— Non. Pour le moment, dit Royer.

— Dans ce cas, je vais m'y installer pour dormir. Considère, donc, que c'est complet pour cette nuit, et fais passer la consigne : on ne boucle personne. On leur fait un sermon, et on les renvoie chez eux. Et si on m'appelle pour autre chose que pour une attaque nucléaire, je ne suis pas là.

— Entendu, Mario. Je me demande comment tu peux dormir sur ces trucs-là.

— Voyons, Joe, tu ne serais pas en train d'insinuer, par hasard, que nous ne fournissons pas à nos concitoyens, disons, égarés, le confort adéquat ?

— Qui ? Moi ?

— Moi, je dis que ce qui est assez bon pour la canaille est assez bon pour les flics… Une bonne formation devrait comporter quelques nuits au violon. Pour les district attorneys aussi d'ailleurs, ça leur ferait le plus grand bien. Et aussi pour les juges, et, oh oui, pour tous les politiciens de mes-deux ! Mettons qu'on en fasse un préalable à l'obtention de tout poste du service public : un week-end au trou ! Tu ne crois pas que ces connards réfléchiraient un peu plus sérieusement avant de voter des lois ?

— Je ne sais pas s'il faut aller jusque-là, dit Royer, évasif.

— Ah, bon ? Ça me fait penser à l'histoire de ce Japonais qui s'était fabriqué un cercueil et qui dormait dedans de temps en temps, histoire de s'habituer à l'idée. Il avait rudement raison, je trouve. C'est pourquoi je dors là, à l'occasion. Pour m'habituer à l'idée – si tu vois ce que je veux dire.

— A ton aise, dit Royer. Dors bien. Il lui tourna le dos en pivotant sur son siège, prit le journal qui se trouvait sur son bureau et dit, plus pour lui-même que pour Balzic : Je ne savais pas qu'on avait un témoin.

— Eh bien, nous en avons un, mon cher, dit Balzic déjà engagé dans la porte qui ouvrait sur les cellules. Et c'est un sacré coup de pot qu'il se soit trouvé là. Parce que sans lui, je me demande... bref, je préfère ne pas y penser.

Balzic ne but que deux gorgées de bourbon avant de basculer dans le sommeil, et dormit effectivement très bien cette nuit-là. Il renversa d'un coup de pied, en s'éveillant, le gobelet en carton qu'il avait posé la veille près de sa couche, et s'étonna de le trouver presque plein.

Il se rendit au vestiaire qui se trouvait au fond du couloir, pissa, prit une douche et se rasa. Il se sentait tellement frais et reposé que le fait d'enfiler ses vêtements de la veille le dérangea à peine. A son entrée dans la salle de garde, il chantonnait.

— ... jour, Angelo, dit-il au sergent de permanence Angelo Clemente. Que signifie cette mine renfrognée ? Regarde un peu dehors. C'est le printemps qui arrive ! Regarde !

— Sûr, dit Clemente. Mais ce matin, c'est pas le printemps pour tout le monde.

— Pourquoi ? Il s'est passé quelque chose ?

— Quatre types pris sous un éboulement au fond de la mine. Deux y sont restés.

— C'est arrivé comment ?

— D'après Eddie Sitko, qui me l'a raconté, ils venaient tout juste d'arriver quand le plafond a cédé. Ils étaient engagés de cinquante ou soixante pieds dans le boyau.

Balzic secoua la tête et s'absorba un instant dans la contemplation de ses chaussures en s'efforçant de ne pas penser à son père. Mais il aurait plus facilement marché au plafond.

— Eh oui, ce sont des choses qui arrivent, Angelo, dit-il enfin. Surtout dans ces petites exploitations. On essaye d'abaisser les coûts, trop souvent, au détriment de la sécurité. C'étaient des gars du coin ?

— Non. Ils venaient tous les quatre de Westfield Township. Ils ont des noms qui ne me disent rien. Il y avait deux braves Pollac, dont un certain Smolensky, marié et père de cinq gosses. L'autre était sans famille et il était bien temps qu'il s'arrête, le malheureux. Il avait soixante-quatre ans. Un dénommé Harsha.

Balzic était déjà en route vers son bureau et secouait la tête en marchant, en proie à l'émotion qui lui nouait les tripes chaque fois qu'on évoquait devant lui un drame semblable à celui qui avait tué son père. Il resta pétrifié sur place en entendant Clemente prononcer le nom de Harsha.

— Comment s'appelait ce type, tu peux répéter ?

Clemente, pour ne pas se tromper, lut le nom sur son bloc.

— Harsha. Andrew, Theodore Harsha.

— Tu en es certain ?

— C'est Eddie Sitko qui me l'a donné.

— Andrew Theodore Harsha, soixante-quatre ans, de Westfield Township ?

— Je viens de te le dire. Et alors ?

Balzic poussa un long grognement. Il donna un coup de pied dans un bureau métallique, puis un autre, puis un autre encore plus fort et considéra les trois marques laissées dans la peinture par la pointe de sa chaussure.

— Et, merde ! gueula-t-il.

— Mais qu'est-ce qu'il y a, Mario ? Qu'est-ce qu'il y a ?

— C'était notre témoin ! Je suis désolé pour lui. Je suis désolé pour n'importe quel type qui meurt, mais bon Dieu de merde, celui-là était notre témoin !

— Quel témoin ? Qu'est-ce que tu racontes ? Pourquoi on ne m'a rien dit, à moi ?

— C'était le voisin de Dulia – la porte à côté. Il a vu Tullio le tuer. Imagine comme on aura bonne mine, sans témoin, le jour du procès ! Même sans l'aide de Muscotti – et je suis certain que Muscotti ne lèvera pas le petit doigt pour lui – Tullio aura toujours assez de cousins à travers la Pennsylvanie, et ces cousins auront eux-mêmes des tas d'amis prêts à rendre un service. Il peut nous amener vingt types qui diront tous qu'ils jouaient aux cartes avec lui ce jour-là. Et moi j'étais seul, merde, quand Harsha m'a fait son récit. Il devait venir ici aujourd'hui à quatre heures pour la déposition, j'étais tellement certain… certain, mon cul, oui ! En-dessous de tout, j'étais. Quel ringard… Seigneur ! Balzic parlait en se tenant la tête à deux mains. On fait difficilement mieux, dans le genre, qu'un témoignage de seconde main porté par un flic qui le tient lui-même d'un type qui est mort depuis. Arhh… MERDE !

Balzic était assis, la mine sombre, tout au fond du bar près des cuisines. Il était arrivé chez Muscotti deux heures plus tôt et avait attaqué d'entrée avec un double whisky avant de passer au vin, le tout entrecoupé de grands verres d'eau glacée. Il ne cessait de se répéter mentalement qu'il ne devait pas se saouler, en ajoutant tout aussitôt que c'était pourtant la seule chose à faire.

Ambiance calme chez Muscotti, au creux de l'après-midi. Ceux du déjeuner étaient partis, et il s'écoulerait deux heures avant l'arrivée de ceux qui venaient prendre un verre en quittant leur travail. Il avait vu entrer puis repartir quelques clients isolés – rentiers, solitaires, improductifs. Il ne restait plus dans la salle que lui, et Vinnie.

— Mario, allez-y doucement, dit Vinnie en remplissant de vin un gros verre ballon et en versant de l'eau dans l'autre verre, encore plus grand, posé tout à côté. Je suis inquiet, Mario. Tout ça ne me dit rien qui vaille.

— Qu'est-ce qui te tracasse ?

— Ecoutez, je ne sais pas, moi... allez-y doucement... je ne vous reconnais plus. Vous m'inquiétez.

— Soyons clairs : *tout ça* t'inquiète, ou *je* t'inquiète ?

— Oh, vous m'avez très bien compris.

— Et alors, qu'est-ce qui t'inquiète ? Tu as peur du jugement de tes clients sur moi, ou de celui du public ? Ce sont tous des cons, de toute façon, alors pourquoi s'en faire ?

Vinnie poussa un soupir et haussa les épaules.

— Bien sûr. Mais tout de même...

— Allons, à la santé des cons ! Qu'est-ce que tu dis de ça ?

— Je dis que... vous ne voulez pas de l'eau bien fraîche, plutôt, pour changer un peu ? Dom sera ici d'une minute à l'autre. Vous pourrez discuter avec lui. On ne sait jamais, peut-être qu'il aura une idée... Mais, ne vous laissez pas aller comme ça. Ce n'est pas bien.

Balzic goûta son vin, regarda Vinnie, siffla le tout en quatre gorgées. Puis il posa le verre qui heurta un peu trop violemment le bar.

— Depuis le temps qu'on se connaît, Vinnie, tu vas pas te mettre à me faire la leçon ?

Vinnie écarta les bras, les laissa retomber le long de ses cuisses.

— Entendu, Mario. Je ne dis plus rien. Rien de plus.

— Eh, remets-m'en un.

— A la vôtre, mon vieux. Buvez jusqu'à ce soir, si ça vous chante. Je serai encore là pour vous servir.

Balzic étouffa un bâillement, se frotta les mains, pivota lentement sur son tabouret pour regarder le mur opposé, puis refit demi-tour et prit connaissance, pour la cinquième ou sixième fois, du programme de l'équipe de foot universitaire. Ce faisant, il buvait à petites gorgées le chablis servi par Vinnie et l'eau glacée. Une moto passa dans State Street, moteur hurlant, et l'obligea à fermer les yeux et à se boucher les oreilles.

Il sentit qu'on lui touchait l'épaule, ouvrit les yeux et écarta les mains de ses oreilles pour voir Dom Muscotti et l'entendre parler d'"arrêter ces sinistres connards".

— Quels connards ?

— Ces connards de motocyclistes. Ils me rendent cinglé avec le bruit qu'ils font. Il n'y a que les imbéciles pour aimer faire du bruit. On ne pourrait pas trouver une ordonnance qui fixe un seuil, une limite ?

— Il n'y en a pas une, dit Balzic, il y en a trois.

— Eh bien, pourquoi ne dis-tu pas à tes hommes de les faire respecter ? Dom passa derrière le bar en accompagnant ses mots d'une mimique de souffrance. Est-ce que tu connais les effets du bruit sur un organisme humain, Mario ? J'ai lu quelque chose là-dessus. Tu sais qu'il peut provoquer des hausses brutales de la tension artérielle ? Balzic se gratta le sommet du crâne, essuya ses lèvres, prit une gorgée de vin. Tu le savais, Mario ?

— Mais oui. Et toi, tu sais comment je ferai respecter les ordonnances ? Je le ferai si on me donne dix véhicules et une vingtaine d'agents supplémentaires. Tu sais que je suis censé avoir avec moi deux lieutenants, l'un pour s'occuper des jeunes, l'autre des questions administratives, et que j'attends depuis trois ans que le conseil vote les crédits qui me permettront de les embaucher ? Tu veux que je continue sur ce chapitre ?

— D'accord, Mario, d'accord. Du calme. Je disais ça pour parler, c'est tout. Muscotti se retourna pour feuilleter le courrier que Vinnie venait de lui tendre. Il ne fit pas de commentaire, plaça les lettres et les factures dans un recoin près de la machine à café, toussa et se pencha derrière le bar pour cracher dans un casier à bouteilles vides. Si tu cessais de boire, maintenant, dit Muscotti en se redressant. Tu as l'air un peu saoul, Mario.

— Ton barman vient de me faire la leçon pendant vingt minutes, et voilà que tu t'y mets aussi. Tu penses te reconvertir bientôt dans la confiserie ?

— Désolé. Faisons comme si je n'avais rien dit.

— Non, dit Balzic, je ne veux pas. En arrivant, tu m'as demandé pourquoi je buvais, et je vais te le dire. Tu es exactement la personne qu'il fallait pour entendre ça. Voilà. C'est l'histoire d'un de tes *pays* – que dis-je, non pas d'un, mais de trois d'entre eux. Trois. D'abord, Fat Manny. Puis Tullio. Puis Brownie qui laisse Tullio lui filer entre les pattes. Trois trous du cul qui m'ont mis dans un joli pétrin.

— Allons plutôt derrière. Tu es d'accord, Mario ? Si tu tiens à continuer au vin, autant boire du bon.

— D'accord ! Très bien ! Ça me va tout à fait, vu que j'ai beaucoup de choses à dire !

— Bien, bien. Ne nous énervons pas. Viens avec moi, et tu me diras tout.

Balzic, abandonnant son verre d'eau et son verre de vin sur le comptoir, suivit Muscotti dans la petite pièce où ils avaient eu peu de temps auparavant une conversation animée – Balzic proférant la menace insensée de mettre fin aux activités de l'empire Muscotti. Il laissa celui-ci entrer le premier, puis s'affala dans un fauteuil, passa les doigts dans ses cheveux et se massa longuement la nuque.

— Dis donc, Dom, commença-t-il, j'ai bu assez de vin comme ça. J'en avais déjà assez bu il y a une heure.

— C'est comme tu voudras, dit Muscotti en s'asseyant en face de lui. Donc... euh... quel est le problème ?

— Je te l'ai dit, je suis dans un vrai pétrin. Le pire où je me sois jamais trouvé.

— Explique-moi ça.

— J'avais un témoin. Il avait vu Tullio régler son compte à Dulia. Il...

— Tu *avais* un témoin ?

Balzic hocha la tête et mit ses mains sur ses tempes.

— Il a été tué ce matin. Une saloperie de galerie de mine lui est tombée sur la tête. Sans lui, l'accusation contre Tullio devient inconsistante. C'est une sacrée affaire. N'importe quel district attorney de troisième zone peut coincer Tullio.

— Dans ce cas, pourquoi t'inquiéter ?

— Parce que pour en arriver là, je devrai d'abord ouvrir un vrai panier de crabes. Il me faudra faire inculper six personnes, un prêtre et cinq vieilles dames, pour organisation illégale d'une loterie, fraude, conspiration, et tout ce qui s'en suit. Puis il faudra que j'obtienne du D.A. Weigh une garantie d'immunité pour toutes ces personnes afin qu'elles puissent témoigner. Et... la plupart du temps, c'est une simple formalité, mais cette fois-ci, les choses risquent d'être plus difficiles. Je ne t'apprendrai pas que Weigh n'est pas catholique, et qu'il risque de faire du zèle quand il découvrira qu'il est tombé sur un nid de calotins. Et je n'ai encore rien dit, poursuivit Balzic. Même si j'obtiens de Weigh qu'il fasse les choses correctement, imagine ce qui attend ces gens une fois qu'ils auront témoigné. Les journaux, la télé, la radio... ils seront dévorés vivants. Ils en s'en relèveront pas.

— Une seconde, dit Muscotti. Je ne te suis plus. Quel prêtre ? Quelles vieilles dames ?

— Sabatine…

— Quoi ? Muscotti rejeta la tête en arrière, les yeux écarquillés. Sabatine ? Celui de St. Jude ? Celui qui voulait faire entrer Weisberg au club de golf ?

— Celui-là même.

— Mais enfin… On m'a dit qu'il avait le cancer ?

— C'est lui ! Attends que je te dise les noms des complices, et tu verras le tableau de chasse. Mrs. Motti, Mrs. Ruffola, Mrs. Cafasso, Mrs. Tuzzi et Mrs. Abbatta. Tu veux savoir ce qu'elles ont fait ?

— En vérité, Mario, dit soudain Muscotti en se relevant, je me demande si j'ai envie de le savoir. Et si tu dois me le dire.

— Eh bien, rassieds-toi, parce que tu vas l'entendre tout de même. Ton gros imbécile de Fat Manny est tombé à pieds joints dans le panneau. Et son frère a fini le travail hier soir. Il a tué Nick Abbatta…

— Quoi ? Muscotti s'appuyait sur le dossier du fauteuil qu'il venait de quitter.

— Tu m'as bien entendu. Assieds-toi, donc, et…

— Oh, merde, dit Muscotti. Et tout ça, à cause de ce que le prêtre avait fait ?

— Exactement. Ils ont monté leur coup, Dulia en a entendu parler…

— Ecoute, Mario, s'il s'agit d'un prêtre, il y a des choses que tu ne dois pas dire. Et moi, je me moque de ce qu'il a pu faire.

— Mon cul ! Assieds-toi, et écoute-moi. Parce que le prêtre en question n'a pas fini de morfler si je ne trouve pas une solution. Tu comprends ?

Muscotti s'était mis à faire les cent pas dans la pièce minuscule, les sourcils froncés, en mâchonnant sa lèvre inférieure. Une minute passa.

— Bon. J'écoute.

— Je ne sais pas qui, le premier, a eu l'idée. D'ailleurs, je m'en fiche. Mais Sabatine a monté une loterie. On pariait sur le chiffre des comptes du Trésor, avec un millier de billets à deux dollars. Puis, quelqu'un a convaincu Nick Abbatta de falsifier le chiffre publié dans le journal pour qu'il corresponde aux numéros des billets des vieilles dames. Elles touchaient sept cents dollars chacune quand c'était leur tour de gagner. Peut-être qu'elles les partageaient entre elles chaque mois… je n'en sais rien. Mais le reste servait à rembourser l'emprunt sur la construction de St. Jude. Et voilà qu'un beau jour, la fille d'Abbatta, celle qui est attardée – tu connais Rosalie ?

Dom hocha vigoureusement la tête.

— Je la connais.

— Eh bien, figure-toi que, d'une façon ou d'une autre, elle a compris ce qui se passait. La connaissant, on a peine à le croire, mais elle y est arrivée. Je suppose qu'on ne devait pas se gêner pour parler devant elle puisque, la pauvre, elle est idiote. Mais elle avait une adoration pour Dulia, alors elle lui a tout raconté, ou, peut-être, elle lui en a dit assez pour le mettre sur la piste. Ceci dit, il ne devait pas être très malin lui-même, pour prendre des paris auprès de qui tu sais.

Muscotti leva sa main droite à hauteur de son visage.

— Ne m'en dis pas plus, Mario. A partir de là, je vois très bien… et, ma foi, je comprends mieux ce que tu disais tout à l'heure. C'est une affaire qui peut faire un très vilain bruit. Quand je pense à cette ordure de Weigh, qui me taxe jusqu'au sang ! Il me prend deux fois plus d'argent que Froggy avant lui. Il a mis deux ans à y venir. Je me disais, fichtre, ce Weigh est peut-être honnête. Mais le jour où il s'y est mis, il a eu vite fait de rattraper le temps perdu ! Et avec ça, il est inattaquable, le bougre. Voilà des années que je cherche et que je ne trouve rien contre lui, rien qui me permette de le tenir. Il est malin, le salaud. Fais-moi penser, un de ces jours, à t'expliquer le truc que j'ai trouvé pour blanchir l'argent que je lui donne… Bon, revenons à notre problème. Ce que je voulais dire, Mario, c'est que tu as raison. Tout le monde sait que ce type est franc-maçon. Il va jubiler en découvrant l'affaire, et il ne laissera à personne le soin de l'instruire, même pas à un assistant, parce qu'il voudra toute la gloire pour lui. Et il sera gagnant sur tous les tableaux : non seulement il aura mon fric, mais en plus il pourra se payer notre tête. Dom se tut un instant en secouant la tête de plus en plus fort comme quelqu'un qui se résigne à grand-peine à une décision pénible. Ce gros lard ! Qu'est-ce que ma mère peut bien lui trouver, à ton avis ? Même sa cervelle est pleine de graisse ! Mais elle l'aime. C'est comme ça. Elle lui téléphone deux fois par jour à l'hôpital. Elle lui a déjà fait porter trois corbeilles de fruits... Je suis coincé, Mario. Je ne peux rien contre lui. Il faut me comprendre. Elle ne me le pardonnerait jamais. Et moi, je ne le supporterais pas.

— Très bien. Laissons donc de côté Fat Manny et ta mère. Qu'est-ce qu'on fait avec les autres ? Hein ? Six veuves désargentées et un prêtre cancéreux. Qu'est-ce que tu suggères ?

— Six ? Je croyais qu'elles n'étaient que cinq.

— Et la femme de Dulia ? Tu as un truc pour la blanchir, elle aussi ?

— En effet, en effet. Muscotti leva les mains. Puis il avança sa lèvre inférieure et se mit à la frotter avec son index d'un air pensif. Bon, dit-il. Bon. Je dois pouvoir faire quelque chose. Il y a suffisamment de gens à qui je graisse la patte dans cette saloperie de palais de justice. Mais, encore une fois, il faut me comprendre, Mario. Je ne veux pas que Manny en prenne pour plus de trois mois. Au-delà, ma mère ne le supporterait pas. Je lui parlerai, et je pense qu'elle voudra bien comprendre. Un conseil tout de même, Mario. Quel que soit le type que tu trouveras, tu as intérêt à ce qu'il sache sa leçon sur le bout des doigts. Et c'est toi qui dois t'occuper de ça. Toi, et personne d'autre.

Tullio Manditti comparut devant la cinquième chambre du tribunal du comté cinq semaines et un jour après l'enterrement de Nicolas Abbatta Jr., et cinq semaines et deux jours après celui de Francis Dulia.

Il y avait dans la salle un public clairsemé, et pas le moindre journaliste. Le procès de Tullio avait été prévu pour la session d'automne de la cour d'assises, mais pour des raisons que le greffier du tribunal, Louis Cepola, n'aurait même pas pu révéler à Dieu s'il était revenu sur terre, on décida brusquement de l'avancer au dernier jour de la session de printemps. En fait, seuls Cepola, le juge Harold Corcoran qui présidait la séance, l'assistant au district attorney Ralph Manganero, l'avocat de la défense Louis Harmonich, les témoins, les jurés pressentis, les huissiers et deux spectateurs savaient qu'un procès avait lieu. Tullio ne cessa de se pencher vers son avocat pendant la séance de désignation des jurés en chuchotant assez fort pour être entendu de tout le monde :

— Pourquoi des jurés ? Je croyais qu'il s'agissait d'une audition préliminaire ?

— Je vous l'ai déjà dit, répondait chaque fois Louis Harmonich, cette audition a eu lieu.

— Et pourquoi je n'y étais pas ? insistait Tullio.

— Parce que vous n'aviez pas à y être. Moi j'y étais, Mr. Mandizzi. C'était suffisant.

— Combien de fois il faudra vous le répéter ? Mon nom, c'est Manditti, pas Mandizzi !

Harmonich haussait craintivement les épaules.

Balzic, assis dans les tout premiers rangs entre le père Marrazo et Dom Muscotti, se pencha vers ce dernier et demanda à voix basse :

— Qui lui a dégoté ce type ?

— Corcoran, répondit Muscotti sur le même ton. Qui pouvait faire ça pour lui, d'après toi ? Le pape ?

— Il n'aurait sûrement pas fait pire.

— Pourquoi se donner du mal ? Ce Louis Harmonich faisait le siège du bureau de Corcoran pour qu'on le commette d'office sur n'importe quelle affaire.

— Ah, bon ?

— Il a déjà plaidé trois fois, et toujours pour des affaires de conduite en état d'ivresse. Il a échoué deux fois à l'examen du barreau. Il était dans les cinq derniers de sa promotion.

— Et Corcoran l'a choisi comme ça, sans qu'on lui dise quoi que ce soit ?

— Et alors ? Il a cherché quelqu'un, et il a trouvé Harmonich. Qu'est-ce qu'on peut y faire ?

Balzic hochait la tête.

— Quel est le problème ? Même un Tullio Manditti a le droit d'être défendu par un avocat. Alors, le juge désigne celui qui est disponible et qui se porte volontaire. C'est ce qu'il a fait.

La désignation des jurés prit trois heures : deux heures en fin de matinée, et encore une après le déjeuner. La cour se réunit à treize heures quinze précises – comme l'avait annoncé le juge Corcoran – et les huissiers, tout comme les sténographes, furent tellement pris au dépourvu par cet accès de ponctualité qu'il fallut les appeler deux fois à la cafétéria. Quand ils firent leur entrée, tout essoufflés, dans la salle d'audience, Corcoran était déjà assis depuis quatre minutes, tournant et retournant d'une main nerveuse son marteau de président.

A deux heures dix-neuf, le jury était au complet, et Corcoran se mit à exposer à ses membres leurs devoirs et leurs responsabilités. Il en arrivait au point où, traditionnellement, il se lançait dans de grands discours pour démontrer aux jurés comment tout l'édifice de la justice, en Amérique, reposait sur la sagesse d'une douzaine de citoyens ordinaires appelés à réfléchir et à décider ensemble du sort d'un prévenu, quand son attention fut attirée, comme celle de toutes les autres personnes présentes, par le bruit insistant d'un morceau de métal frotté contre du bois. Le bruit en question provenait du premier rang du public, très précisément à la gauche de Balzic.

Balzic jeta un coup d'œil de côté pour voir Muscotti remettre dans sa poche une pièce de monnaie.

Corcoran toussa, but une gorgée d'eau, pria l'assistance de l'excuser pour le mal de gorge qu'il sentait venir, et dit :

— Souvenez-vous que seules comptent les preuves. Les preuves concrètes. Je vous indiquerai ensuite la marche à suivre. Mr. Manganero, Mr. Harmonich, êtes-vous prêts ?

Les deux avocats se levèrent pour déclarer qu'ils étaient prêts, puis l'un et l'autre annoncèrent qu'ils se dispenseraient de toute déclaration préliminaire.

Manganero, qui plaidait pour la partie civile au nom de l'Etat de Pennsylvanie, fit d'abord appeler le docteur Aram Sharma, que Balzic se souvenait d'avoir rencontré à l'hôpital le jour où Frank Dulia y avait été amené. Le médecin, en consultant ses notes sur un minuscule calepin, fit une description précise et très réaliste de l'état de Dulia à son arrivée. Il s'exprimait dans un anglais impeccable, puisant ses termes aussi bien dans le vocabulaire médical que dans celui des hommes de loi.

Louis Harmonich déclara qu'il n'avait aucune question à lui poser.

Manganero appela ensuite le médecin libanais qui avait assisté à la mort de Dulia et rédigé le certificat de décès.

Louis Harmonich déclara cette fois encore qu'il n'avait aucune question à poser.

Manganero fit ensuite appeler Wallace Grimes, le médecin-légiste, et lui posa une série de questions destinées à démontrer la compétence de Grimes dans le domaine de la médecine légale. Louis Harmonich l'interrompit.

— Nous connaissons tous la réputation du Dr. Grimes.

— Dr. Grimes, demanda Manganero, vous avez bien procédé à l'autopsie de Francis Dulia dans la matinée du 24 mars dernier ?

— En effet.

— Pouvez-vous nous indiquer la cause du décès de Mr. Dulia ?

— Lésions cérébrales graves occasionnées par de multiples fractures de l'os pariétal et de l'os temporal gauches.

Grimes n'eut pas besoin de consulter son rapport qui reposait sur ses genoux, pas plus qu'il ne lui fut demandé d'indiquer sur sa propre tête, pour l'information du jury, l'emplacement exact des lésions.

— Avez-vous relevé sur le corps d'autres fractures ou ecchymoses, docteur ?

— Oui. Très nombreuses. Grimes énuméra la liste des fractures. Il n'y avait aucune trace d'abrasion ni de lacération. Uniquement des contusions. Ni coupures, ni brûlures. Des contusions, avec enflure.

— Quelle en était, selon vous, la cause, docteur ? Quel objet a pu occasionner de telles blessures sur un corps humain ?

— Eh bien, d'après moi, il pourrait s'agit d'un objet qu'on aurait modifié pour le rendre moins contondant, par exemple une batte de base-ball enveloppée dans une serviette. Le contact ne provoque ni lacération ni brûlure, mais si les coups sont portés avec violence, ils se traduisent par des fractures osseuses.

Manganero reprit alors la liste des fractures déjà énumérées par Grimes en demandant pour chacune d'entre elles si elle avait bien été occasionnée de la manière que le médecin-légiste venait de décrire.

Louis Harmonich déclara qu'il n'avait pas de question à poser.

Manganero appela ensuite Balzic. Quand celui-ci eut décliné son identité, Louis Harmonich se leva pour déclarer que nul ne songeait à mettre en doute les états de service de Balzic ou son intégrité. “Qui sont connus de tous ici.”

Balzic se prit à rire nerveusement et examina ses chaussures pour cacher son visage aux jurés.

Les questions de Manganero à Balzic visaient à cerner et à établir avec précision le fait que Francis Dulia avait été emmené à l’hôpital dans une fourgonnette possédée et conduite par un certain Andrew T. Harsha, décédé depuis, par ailleurs témoin de ce qui s’était passé cet après-midi du 23 mars dans la cour de son voisin, Mr. Dulia.

Manganero en était à demander à Balzic quels étaient les faits auxquels Harsha avait assisté, quand Louis Harmonich se leva pour soulever une objection, en expliquant que tout en étant la meilleure preuve, puisque Mr. Harsha était mort, le témoignage de Balzic n’offrait malgré tout qu’une preuve de seconde main, et qu’il souhaitait que la cour en informât le jury. Le juge Corcoran lança un regard sévère à Harmonich et s’apprêtait à répondre à son objection quand Manganero dit à son tour :

— Nous sommes d’accord, Votre Honneur. Nous avons un autre témoin.

Louis Harmonich indiqua qu’il n’avait aucune question à poser au témoin.

— Vous pouvez vous retirer, chef, dit le juge Corcoran.

— Appelez Mr. Domenic Scalzo, dit Manganero.

Dom “Soup” Scalzo passa devant Balzic pour aller témoigner comme s’il ne l’avait jamais vu de sa vie. Il lança “Je le jure” avant que l’assesseur ait achevé de lire le texte du serment, et s’installa sur le fauteuil des témoins sans quitter Manganero du regard.

— Mr. Scalzo, commença Manganero, veuillez indiquer vos noms et prénoms ainsi que votre adresse, et nous dire quelle est votre profession.

— Domenic G. Scalzo. J’habite au 531, Theobald Avenue, à Rocksburg. Je travaille à mon compte.

— Ah… euh… à quoi travaillez-vous exactement, Mr. Scalzo ?

— Je suis conseiller en affaires.

— Pouvez-vous nous préciser en quoi cela consiste ?

— Je dis aux gens où placer leur argent, et ce que ça leur rapportera.

Le juge Corcoran, à cet instant, fut pris d'une quinte de toux qui obligea Scalzo à interrompre son témoignage pendant presque une minute.

— Euh, Mr. Scalzo, dit Manganero quand Corcoran eut repris le contrôle de lui-même, vous vous trouviez bien chez un certain Andrew T. Harsha, décédé depuis, l'après-midi du 23 mars dernier ?

— J'y étais.

— Pour quelles raisons étiez-vous là ?

— J'étais venu conseiller Mr. Harsha pour un placement. S'il m'avait écouté, il serait encore en vie à l'heure qu'il est.

— Que lui avez-vous dit ?

— Je lui ai dit de laisser tomber la mine. Qu'il était trop vieux pour ce genre de travail. Qu'il achète des parts pour devenir l'un des propriétaires de la mine, mais qu'il arrête d'y travailler.

— Eh bien, Mr. Harsha, malheureusement, n'a pas suivi votre conseil. Nous savons tous qu'il est mort le lendemain même dans cette mine. Donc, Mr. Scalzo, pouvez-vous nous dire si vous avez vu quelque chose d'inhabituel pendant que vous étiez chez Mr. Harsha et que vous discutiez avec lui ?

— Oui, oui, j'ai tout vu. Je vais vous dire quoi. Nous étions dans sa cuisine en train de boire une bière. Il venait tout juste de rentrer de la mine, et il disait qu'il lui fallait ça pour faire descendre toute la poussière…

Balzic se sentit incapable d'en entendre plus. Il cogna son genou contre celui de Muscotti et fit un discret signe de la main pour signifier qu'il s'en allait. Il lui fallait, pour quitter la rangée de sièges, passer devant le père Marrazo. Le prêtre leva vers lui un regard dur et incrédule qui le mit mal à l'aise. Il se rua littéralement hors de la salle d'audience, les yeux fixés sur la moquette, évitant tous les regards.

Une fois dehors, Balzic s'approcha de la balustrade en marbre dominant un escalier circulaire sous le dôme du tribunal. Les yeux levés vers le dôme, il s'escrima pour défaire son nœud de cravate et déboutonner le col de sa chemise. Il s'entendait respirer à un rythme précipité et s'efforçait de prendre de longues et profondes inspirations. Il passa la langue sur sa lèvre supérieure et sentit le goût de la sueur. Il regarda les paumes de ses mains, et vit qu'elles étaient luisantes de transpiration à la lumière qui tombait d'un immense globe suspendu au centre du dôme.

Quelqu'un lui toucha le bras et Balzic se retourna si vivement qu'il faillit en perdre l'équilibre. C'était le père Marrazo.

— Mario, commença le prêtre, puis il s'arrêta comme s'il ne trouvait pas ses mots, mais son regard était si intense que Balzic renonça à le soutenir. Mario, que signifie…

Balzic, adossé à la balustrade, tirait sur sa cravate et sur son col de chemise.

— Vous savez parfaitement ce que tout cela signifie, alors pourquoi le demander ?

— Je ne sais pas, dit le prêtre. J'écoutais, et je n'en croyais pas mes oreilles. Puis je t'ai vu te lever pour te précipiter dehors, et j'ai vu que tu étais très pâle. Tu vas me dire ce qui se passe là-dedans ! Balzic fit mine de s'éloigner, mais le père Marrazo le retint par la manche. Mario, je ne me suis jamais mêlé de ce que tu faisais jusqu'à présent, et tu en sais peut-être bien plus que moi, et je suis peut-être complètement paumé, mais quelque chose ne va pas, je le sais, il y a là-dedans quelque chose qui ne va pas du tout. Le prêtre s'efforçait de parler à voix basse, mais Balzic avait l'impression de l'entendre crier.

— Et alors ? gronda Balzic. Qu'est-ce que vous attendiez, hein ?

— Que tu fasses ce qu'il y avait à faire.

— J'ai fait ce qu'il y avait à faire ! Vous croyez que j'ai attendu en me tournant les pouces ?

— Eh bien, dans ce cas, c'est le résultat qui est catastrophique ! Quelque chose ne va pas dans la façon dont tu t'y prends.

— Vous croyez donc que si je m'y étais pris d'une façon normale... j'aurais pu, bien sûr. Mais, vous connaissez Weigh ? Vous savez qu'il est franc-maçon ? Est-ce que vous...

— Je me moque de ce qu'il est. Ce qu'il est n'a rien à voir là-dedans.

— Je ne peux pas le croire, dit Balzic. Vraiment, je vous écoute, et je ne peux pas croire que c'est vous qui dites une chose pareille. Avec tout ce que vous savez !

— Tu ne peux pas le croire ? Vraiment, tu ne peux pas croire que c'est moi ? Qu'est-ce que tu fais ici, alors, avec cette figure dégoulinante de sueur ? Regarde-moi ! Tu ne peux même pas me regarder en face ! Et tu oses me parler de tout ce que je sais ? C'est vrai, c'est vrai, j'entends chaque jour la confession de Mrs. Abbatta. Et les autres viennent aussi, chacune deux ou trois fois par semaine. Et j'ai reçu également celle de Sabatine. C'est lui qui m'a fait demander. Il aurait pu aussi bien réclamer l'évêque et j'en aurais été bien content. Mais je suis resté auprès de lui jusqu'à la fin, et je l'ai confessé. Ce qui signifie que j'ai tout entendu. Mais ce que je n'avais pas entendu, c'est ce que Soup est en train de faire dans le fauteuil des témoins. Le visage du prêtre était congestionné, et ses vains efforts pour parler à voix basse faisaient saillir de grosses veines sur son cou et son front. Ça va, dit le père Marrazo. Ça va... ça va... Il semblait chercher une satisfaction dans la répétition de ces deux mots. Puis il se râcla la gorge, défit son propre col de chemise et regarda la pointe de ses chaussures. Tu...

euh… tu t'en vas, maintenant ? euh… que dirais-tu d'un verre de vin ?

Balzic hocha lentement la tête.

— J'ai une soif à vider tous les verres de vin de la création.

Ils marchèrent en silence et, une fois chez Muscotti, ils ne commencèrent à parler, pour se chamailler, qu'au moment de décider de qui payerait les consommations. Seuls Balzic et Vinnie échangèrent quelques phrases, le barman demandant des nouvelles du procès et n'arrivant pas à comprendre pourquoi ces deux-là étaient partis avant la fin. Et ni Balzic ni le père Marrazo ne semblait décidé à lui répondre sur ce point précis.

Ils buvaient sans joie, presque mécaniquement, non par plaisir mais par désir de s'enivrer. Il leur fallut une bonne heure pour commencer à apprécier le goût du vin et arrivés à ce stade, ils annoncèrent leur intention de descendre toutes les bouteilles de chablis que Vinnie exposait sur des étagères derrière son comptoir. Puis Balzic décida qu'il irait dans l'arrière-boutique chercher quelques fiasques de Valpolicella dans la réserve privée de Dom Muscotti, et le fit savoir à la cantonade.

C'est alors qu'on vit arriver Mila Sanders Rizzo, toute soupirs et sourires, plus éthérée que jamais. Balzic l'aperçut à l'instant où elle se posait gracieusement sur le tabouret voisin du sien. Elle se pencha pour lui murmurer à l'oreille :

— Si je comprends bien, vous avez trouvé la solution à votre problème.

— Ma foi, plus ou moins… répondit Balzic sur le même ton, en jetant un regard en coin vers le père Marrazo. Je ne sais pas si on peut appeler ça une solution, mais c'est vrai qu'il ne devrait plus y avoir de problème. Et vous, comment ça va ?

— Eh bien, disons que pour moi aussi, ça va plus ou moins… Dom veut que je m'occupe d'une boutique pour lui.

Balzic esquissa un sourire.

— Quel genre de boutique ?

— Celle de cette femme dont le mari a été tué, vous savez ? Elle est malade et elle veut s'en décharger. Dom dit qu'il y a de l'argent à gagner avec ce genre de commerce. Elle souriait et Balzic crut apercevoir, dans son regard malicieux, une lueur sardonique. Elle se pencha encore plus près pour chuchoter : fournitures religieuses. Bibles, crucifix, statues en plâtre de saints et de saintes, chapelets, médailles et tout un tas de gadgets et d'autocollants qui disent des trucs du genre *Dieu est vivant, sauf pour les Rouges* ! Dom prétend qu'avec le don que j'ai pour voir l'aura des gens, je devrais faire un million de dollars en dix ans. Je lui ai demandé si je pourrais mettre une grande banderole en devanture avec "DEUX MILLIONS DE CHAPELETS DÉJÀ VENDUS" comme les marchands de hamburgers. Vous auriez vu la tête qu'il a fait !...

Balzic opinait du chef comme s'il n'avait entendu personne lui tenir des propos aussi sensés depuis des éternités.

— Qu'en dit sa femme ?

— Oh, je serais étonnée qu'il lui en ait parlé. Pas vous ? répondit-elle en se redressant avec un petit rire.

Balzic allait répondre, mais il en fut empêché par l'arrivée de Dom Scalzo déboulant comme un taureau furieux par la porte principale et fonçant sur eux sans cesser de proférer des mots incompréhensibles. Il se cogna contre Balzic, lui donna une tape sur le dos et voulut dire quelque chose mais, submergé par sa colère, ne put qu'éructer pendant une bonne minute des chapelets de jurons.

— Qu'est-ce qui te prend ? demanda Balzic. Tu viens de faire la bonne action de ta vie et tu as la tête de quelqu'un à qui on a tiré son portefeuille !

— Je vais vous dire ce qui me prend, gronda Scalzo. Vous connaissez Jimmie Salio, ce salaud, l'huissier de Corcoran ?

— Je le connais de nom. Comme tout le monde, d'ailleurs.

— Il se croit très drôle, comme vous savez. Alors, vous allez voir le coup qu'il m'a fait. J'avais fini de témoigner et je m'en allais – je pouvais bien partir, vous êtes d'accord, puisque je n'avais plus rien à faire dans ce tribunal ? A ce moment, je vois mon Salio, planté devant la porte, qui regarde sa montre. Et à la seconde où je passais devant lui, le voilà qui m'attrape par la manche et qui me chuchote – vous savez comment il chuchote ce fumier ? Tout le monde peut l'entendre à vingt mètres – Tu as cessé de témoigner à quatre heures vingt-huit précises. Sur quoi, il me met six billets dans la main et il dit, toujours en chuchotant et toujours aussi discret : "Joue-moi le 428 sur la dernière cote en Bourse" Alors moi : "Non, non, mais non enfin !" Je secoue la tête, je retire ma main pour montrer que je ne veux pas son argent. Alors cet enculé – pardonnez mon langage, mon père –, cette ordure enfourne les billets dans la poche de ma veste. Figurez-vous qu'il y avait justement un type de la police d'Etat assis tout près de la porte, et qu'il n'en perdait pas une. Je le vois qui se lève et qui me suit dehors ! Moi, j'essaye toujours de me débarrasser du fric, mais le flic est déjà sur moi, et il m'arrête ! Là, tout de suite, dans l'entrée du tribunal ! Putain ! Si je l'avais pu, je les aurais bien balancés tous les deux par-dessus la balustrade ! Moi, j'étais allé là-bas avec l'idée de faire quelque chose de bien au moins une fois dans ma vie – pour la justice, c'est bien ce que vous m'aviez dit vous-même, Mario ? Alors pour le bien de la justice, j'ai accepté de dire le plus gros mensonge de ma vie, et maintenant me voilà inculpé pour pari illégal ! Votre justice, vous pouvez vous la mettre au cul !

Balzic se tourna vers le père Marrazo, tous deux regardèrent Vinnie et les trois hommes éclatèrent de rire. Une minute plus tard ils riaient toujours.

— Oh Seigneur, Seigneur, dit enfin Balzic, qui riait tellement qu'il en avait mal aux yeux, aux maxillaires et à l'estomac, Vinnie, sers-lui un verre. Sers un verre à tout le monde, et continue. C'est ma tournée !

Vinnie s'exécuta. Par la suite, quand il racontait cette histoire, il disait toujours qu'il n'avait jamais autant rempli de verres en aussi peu de temps, et jamais autant ri que pendant l'heure qui suivit. Et personne ne songea jamais à mettre sa parole en doute. De même, quand il disait qu'il avait encore plus ri le lendemain, lorsque Dom Muscotti expliqua à Soup Scalzo qu'il avait lui-même donné des instructions à l'huissier Jimmie Salio, en le chargeant de placer un flic de la police d'Etat assez près de la porte pour qu'il assiste à la scène, et que les six dollars fatidiques venaient de sa propre poche.

— Il fallait voir la tête de Soup entendant ça, disait Vinnie. Ma parole, j'ai cru qu'il allait s'étouffer sur place ! Il répétait : “Pourquoi ? Pourquoi m'avoir fait ça à moi ?” et Dom le regardait et disait : “Mon cher Soup, je savais ce que tu penserais en quittant le tribunal. Tu penserais que tu venais de faire quelque chose de vraiment bien. Et reconnais que je ne me trompais pas. Mais je ne voulais pas, non plus, que cette histoire te monte à la tête et que tu te prennes pour un saint. C'est toujours dangereux.”

Et personne, en écoutant Vinnie raconter cette histoire, ne riait autant que Balzic.

OUVRAGE RÉALISÉ
PAR LES ATELIERS GRAPHIQUES
DE LA COOPÉRATIVE D'ÉDITIONS DU PARADOU
PHOTOCOMPOSITION : SOCIÉTÉ I.L.,
À CHÂTEAURENARD.
REPRODUIT ET ACHEVÉ D'IMPRIMER
EN JUILLET 1989
PAR L'IMPRIMERIE FLOCH
À MAYENNE
POUR LE COMPTE DES ÉDITIONS
ACTES SUD
LE MÉJAN
13200 ARLES

DÉPÔT LÉGAL
1re ÉDITION : AOÛT 1989
N° impr. : 28291.
(Imprimé en France)